Shingo Sujaku
朱雀
illustration
深山フ
JN043166
日夢
森山
年齢・40
職業・花屋
森進と森山明日夢は
お互いに名刺を出し合って、
ペコペコと交換した。
森 進
年齢・42
職業・サラリーマン(総務部)
はたらけ!
おじさんの森
2

『我はボリボリ……
このあにまるワールドを
統べる存在、至高にして
孤高のボリボリ……存在、
パンダであるパンダ……』

ミズホが冷凍光線のような視線を投げかける。
「よその島でよくそんなにはしゃぐことが出来ますね」

突然カンナが叫び声をあげたので、
隣にいた秋良も山太郎も
その勢いに驚いて飛び上がった。

「ウォーウォーウォーウォー
!!!!?????」

「ふるいにかけましょうかね」

ザルで不要物を取り払う。
フラワー島のあにまる達
全員で手伝ってくれる。
イヌスケにヒツジロウ、
ウマコにリンタロウ、
皆楽しそうである。

おじさんの森　住民図鑑

NAME	
森　秋良 MORI AKIRA	
PROFILE	
生年月日	1983年3月3日(38歳)
身長	171cm
体重	65kg
仕事	ショップ店員(古着屋「ブルドッグ」店員)
好きな酒の肴	たこ焼き、お好み焼き、ポテトチップス
座右の銘	A rolling stone gathers no moss(転がる石には苔(こけ)が生えぬ)

金髪で口は悪く一見怖そうな印象とは裏腹に実は涙もろく、情に厚いナイスガイ。子供や動物はもちろんのこと、老人やロボットが出てくる映画やドラマを観ると必ずといっていいほど涙腺崩壊してしまう。

はたらけ！　おじさんの森　2

朱雀伸吾

ヒーロー文庫

はたらけ！おじさんの森 2

Hataraké! OJISAN no MORI

CONTENTS

プロローグ　おじさん島とおじさんとあにまる達の暮らし ― 005

17　第39回おじさん会議を開催しよう！ ― 035

18　パンダを住民に勧誘しよう！ ― 051

19　もっとパンダを住民に勧誘しよう!! ― 072

20　新しい家、安心の家を建てよう!!　～暴走ジジイ編～ ― 090

21　新しい家、安心の家を建てよう!!　～コリスのひらめき編～ ― 109

22　アップデートしよう！ ― 125

23 あにまるワールドの料理をつくろう‼ —— 143
24 ヌシを釣ろう！ —— 161
25 新居完成&木林の過去話（カコバナ）を聞こう‼ —— 201
26 学校へ行こう‼ —— 232
27 フラワー島に交渉に行こう‼ —— 249
28 ミズホの過去とびろぢ様 —— 281
29 おじさん島にようこそ‼ —— 302

illustration / 深山フギン

イラスト／深山フギン
装丁・本文デザイン／5GAS DESIGN STUDIO
校正／佐久間恵（東京出版サービスセンター）
DTP／天満咲江(主婦の友社)

プロローグ　おじさん島とおじさんとあにまる達の暮らし

異世界なのか、はたまたゲーム世界なのかは謎の、あにまるワールドという、二足歩行の動物達が暮らす世界がある。そんな世界の片隅に、特殊な結界が張られて感知されない、全長1・5キロほどの小さな島があった。元々その島にはあにまるが住んでいたのだろうが、あにまるを支配するわかもの達の時代となってから放置され、無人島となり、ただ時の流れとともに海に漂うだけの存在であった。

だが今その島には、現代社会からやってきたおじさんと、あにまるの子供達の元気な声が響き渡っている。

そう、おじさん島と名付けられたその島で、うきうきワクワクの最高にスローでホットで優しい無人島ライフが行われているのだ。

今日はそんな、彼らの一日に密着したいと思う。

おじさん島の森の中に生えている太く、大きな木の上。その幹を駆け上がる小さな影が見える。重力を無視したように両手を動かしてその爪でスタスタと、素早く木を登っていく。頂点まで登りきってから見える景色に、その猫の少女は驚きの声をあげた。

「にゃあ！　一番上まで来ちゃったネコ！　ひゃあ。これはおじさん島が見渡せる、最高の景色だネコ！」

お気に入りのワンピースを風にたなびかせ、元気よく両手を上げて木の上で満面に笑みを浮かべるのは猫族のネコミである。猫族は元々勘が良く、ネコミ自身、身体能力に優れた子であったが、島での生活が長くなるにつれ、野生に触れて更に鋭く磨かれていた。

「こう見たら、まだまだネコミ達が行ったことない場所もあるんだネコ。にゃにゃにゃ！　なんだあれは⁉　山の上にもまだ川があるネコ。あそこまで行ったら沢山たくさーん、綺麗な水が汲めるネコ？　にゃにゃにゃさらに！！　え⁉　あそこで川が終わってるネコ⁉　あ、違う！　そこから川が下に全部落ちちゃってるネコ！！……………そんなことって、あるネコ？　こわい………。あそこが世界の終わりってことネコ？　まあ、今度ススムに聞いてみるネコ。ああ、そうこう言っていたら海岸沿いにススムを発見ネコ‼　にゃあ、おーい！　ススム！！！　ネコミはここにいるネコー！！！」

一匹で興奮してネコミはきゃあきゃあ歓声をあげながら大声で砂浜にいる豆粒のように小さい人影に向かって叫ぶが、相手にはさっぱり聞こえていないようで、振り向きもしない。そこでネコミは、ふと我に返り、頭を掻いた。

「ああ、違ったネコ。ネコミはポッコレを取りにきたネコ。みんなの食料調達係ネコ‼」

星形のポッコレの実はおじさん達の世界にはないそうで、毎回涙を流しながら美味しい美味しいと食べてくれるから、この世界の住人であるネコミはとても嬉しかった。

「はい、ポッコレ。これもポッコレ。ポッコレ沢山あって、皆喜ぶネコ！　あ、向かいの木になっているのは、あれはゴウマの実ネコ⁉　凄い！　大発見ネコ！　ゴウマはススムに料理してもらったら絶対美味しいネコ！　ゴウマ、ゴウマ♪」

　高い木の上で別の木を行き来しながら、バランスよく実をもいでいると、パタパタと空を飛ぶ雀の少女が横から現れ、心配そうに話しかけてくる。

「ネコミ。この島に来た当初に比べると随分と木登りが上手になりましたけど、無理をしちゃいけないスズメ。取れるだけの実を取ったら私の籠に入れてくださいスズメ」

「ラジャーだネコ！　ほらほらチュンリー、ゴウマの実があるネコ！」

「ちゅん♪　それは良いスズメ。ゴウマがあったら皆喜びまスズメ」

　ネコミの横で空中を飛んでいるのは雀族のチュンリーである。チュンリーはあにまるの子供達の中でも一番年長の、お姉さん的存在である。裾の広い、羽を広げやすい鳥族系の伝統的な服を着ている。

　チュンリーは責任感が強く、あにまるの子供達の面倒をよく見てくれる。また、島の住民の中で唯一空を飛ぶことが出来るので、偵察や、高い木の上での仕事も任せられているのだ。

初めは自分の背より高い所は登れなかったネコミも、木登りが上達してきて、高所作業が可能になってきているため、この二人（一匹と一羽）のコンビが最近増えてきているのだ。

「最近は雨続きでポッコレや他の実を取れなかったネコ！　だから今日のチャンスに沢山取って、みんなの喜ぶ顔が見たいネコ‼　ネコミもみんなの役に立つネコ‼」

「うふふ。あんまり張り切りすぎも、よくないでスズメよ」

「張り切るネコ！　ネコミはやる気満々のネコ娘ネコ‼　だから、張り切って頑張るネコ！」

腕をぶんぶんと振り回し、心から感情を表に出して、エネルギッシュにふんふんと決意表明をするネコミを優しく見つめるチュンリー。種族は違うが、妹のように感じる、愛らしい子であった。

「はい、チュンリー、これとこれ、ああ、これはちょっとまだ早いから、これネコ」

ネコミが手にした果実をホイホイとチュンリーに投げる。チュンリーは空を飛びながら、背中の籠（かご）で器用にそれをキャッチする。

「きゃにゃにゃ。面白いネコ。はい、チュンリー、これも、これも、これもこれもこれもネコ」

「ちょ、ちょっとネコミ。投げるペースが速いでスズメ」

笑いながらネコミはチュンリーに次々早いテンポでポッコレやゴウマの実を投げていく。チュンリーも最初は素早くゲットしていたが、流石に追いつかなくなり、何個か下に落としてしまった。

「あ、ちゅんちゅん」

「あ、こぼれちゃったネコ」

「まあ……大丈夫でスズメ」

「大丈夫でござるぞーー！！！」

チュンリーが自信と確信を込めて呟くのと同時に、木の下で太い叫び声があがった。

二人(二匹と一羽)が下を見ると、腕を組んで仁王立ちしている、一人のおじさんがいた。

「キバヤシ!!」

チュンリーが弾む声でそのおじさんの名を呼ぶ。そう、彼こそ木林裕之51歳。バンダナ眼鏡の長髪長身、チェック柄のシャツを着て、お気に入りの赤いバッグを背負っている。

「籠から落としてしまったポッコレの実は、拙者にお任せでござる!!」

真剣な瞳でサッと両腕を空に向かって構えると、落下してきた実に向かって、差し出す。

「ほ、ふぐ!!　は！　ほげ！！??　ゲホ!!　ぼぐ！！??」

取りこぼしを更に下にいる木林がキャッチ……いや、一つもキャッチ出来ていない。木林の差し出した腕はまるで明後日の方向で、実は木林の肩や顔面に当たってから、無情にも地面にコロコロと転がっていった。

「あー、キバヤシ、全然取れてないネコー。結局いっこも取れてないネコー」

無様な姿を木上から見下ろしながら、ケラケラ笑うネコミ。だが、すぐさまチュンリーは真剣な眼差しで木林を庇う。

「……いや、違いますネコミ。キバヤシは元々取る気があるわけじゃないでスズメ。というか、そもそも取る技術も動体視力もおじさんにはありませんスズメ。なので、ああやって自分の身体をクッションにしているんでスズメ。ほら、その証拠に実は潰れていないでしょうスズメ」

木林の名誉のためなら、どんなことでも見逃さないのがチュンリーである。それを聞いて、ネコミは目を凝らして地面を見てみる。

「にゃにゃ⁉ 本当だネコ！ 実はひとつも傷ついてないネコ！」

「へ？ ああー。ヒッヒッヒ！ その通りでござる！ 拙者、身を挺して実を守っているでござる」

まさにおじさんの代名詞、渾身の親父ギャグを繰り出すが、これはネコミもチュンリーもピンとこず「……あー、身と実ということなのネコ？」「多分、でスズメ。『身を挺す』という意味と一緒に『実を守る』っていうことを言いたいんでスズメ！ キバヤシは頭の回転も良すぎるでスズメ！」などと解説を始めるという、一番恥ずかしい地獄の空気となってしまったが木林も特に気にせず誇らしげに腕を組んでうんうんと頷いている。

「キバヤシは何か採ったネコ？」

ネコミに尋ねられ、木林は自信満々に籠の中から戦利品を掲げる。

「拙者、この、世にも奇妙な四角くて黒いキノコと、あとは進殿が料理でよく使われる小さい黒い果実をゲットしたでござるよ！」

「なんか黒いものばっかりネコ」

「ああ、でも、それってケモンチョロンとクレハでスズメ。ススムが美味しく料理してくれますでスズメ」

「ネコミ、ポエトワリンがあったら欲しいんだけどネコ」

「え？　ポエトワリンなんて、とても苦くて食べられないでスズメ」

「そんなことないよ。ネコミは凄く好きだネコ」

「えーー。それなら私はこの島でも結構空を飛んでいる時に見かけますけど、無視してたでスズメ」

「無視したら駄目ネコ！　ポエトワリンほど美味しいものってないネコ」

「美味しくないでスズメけどなー、ポエトワリン」

現実では聞いたことがないよく意味の分からない単語（多分、実の名前）で言い合いをする二人（一匹と一羽）を見上げながら、木林はハラハラした表情で宥める。

「お二人とも、そんな高い所で喧嘩したら危ないでござるよ。集中集中」

そう木林が注意を促した、まさにその時であった。島の上空で強風が吹いた。ザワ、と木々が揺れ、ネコミがバランスを崩す。

「にゃあ！」

「あぶないでスズメ！」

木から離れ、ネコミが空中に放り出されてしまう、間一髪のところで、咄嗟にチュンリーが赤いワンピースの襟元をくちばしで支える。

「……ひえええええ。た、助かったネコ。ありがとうネコ、チュンリー」

「ど、どういたひまひてフズメ。もふ、ふぁなひぃてだいじょうぶフズメ？」

「う、うん。大丈夫ネコ」

ネコミの了解を取ってから、チュンリーは静かにくちばしを離す。

すると、そこで木に近づきすぎていたチュンリーの羽が大きな葉っぱに引っかかってしまう。

「ちゅん⁉」

「チュンリー‼」

ぶつかっていない方の羽を羽ばたかせてなんとかバランスをとろうとするが、やはり片羽ではうまくいかず、体勢の傾いたチュンリーはパニックになる。

「ちゅちゅちゅちゅちゅん！！！！！？？？？」

平衡感覚を失ったチュンリーはまっ逆さまに落ちてしまう。

「チュンリー殿！！！」

チュンリーが地面に激突する瞬間、高く飛び上がった木林が颯爽とその身体をキャッチする。先ほどまでの鈍さが嘘のように高い跳躍を見せ、ガシッとその腕にチュンリーの小さな体躯を包み込む。着地と同時に片膝をついて、腕の中のチュンリーに衝撃を与えないようにすることも忘れない。

「大丈夫でござるか？」

「ちゅ、ちゅん。ありがとうございまスズメ」

先ほど、実を一つもキャッチ出来なかったのに、いざチュンリーが危険になると軽やかに救ってみせる。彼は現実世界でも線路に落ちた女子高生を救い、それを目撃したおじきちから、たった一人「森」という苗字の縛りを抜けてこの島に招かれた、英雄であった。

「凄いネコ！　キバヤシ、猫族みたいな身のこなしだったネコ!!」

「いやあ。チュンリー殿に危険が及ぶとなりますと、拙者、猫にでも虎にでもライオンにでもなりますぞ。あっはっはっはっは!!」

「あ、ありがとうでスズメ。助かりましたでスズメ」

「どこにも怪我（けが）はありませぬか、チュンリー殿？」

「はい。キバヤシのお陰でスズメ……」

王子様を見つめるようにポーッとおじさんに見惚（みと）れるチュンリー。島生活が始まった当初は木林の外見や独特の口調に不快感を隠そうともしなかった彼女が、いまや完全にメロメロであった。

「さて。随分実も手に入ったので、一旦戻るとしますかね」

木の上のネコミにも声をかけ、チュンリーを抱えたまま、立ち上がろうとする木林の腰に、そこで落雷のような衝撃が走った。

「ッッッッッ！！！！？？？　ぎょもももえええええええええええええええええええええええええええええええええ！！！！！！」

「どうしたネコ、キバヤシ？」

ネコミが心配そうに話しかけるが、木林はしばらく黙った後、ようやく返事をする。

「…………いえ……どうやら、腰が終わりを告げてしまったようで……動けませぬ」

「えええええええ！！？？？　終わったんでスズメか？」

「キバヤシ！　コシが終わったネコ？　もう、おしまいネコか？　ヤマタロウみたいになっちゃうネコ！！？？」

チュンリーを抱えたままの状態で、石像のように固まってしまう木林。

世のおじさんは、誰もが皆、腰に爆弾を抱えて生活しているのである。

◇　◇

「はっくしょん!!　誰かワシの噂(うわさ)でもしとるのかのう?　いや、この島も最近少し寒くなってきているから、風邪か?」

さて、砂浜では、青色の作業着を着崩し腰の部分で括(くく)り、その上から緑色のフィッシングベストを羽織っている体格の良い白髪頭のおじさん、森山太郎(もりやまたろう)(62歳)がテーブルの上で一枚の紙と向き合っていた。

「うーん。やはりこの基礎で家を作るしかないのじゃが……それで本当にどんな嵐にも負けない家が出来るのか……。もう少し考えてみてもいいと思うのじゃが……」

その横では同じく青色のオーバーオールを着た小さな栗鼠(りす)族(ぞく)のコリスが細かく工作を行っている。

小さな身体で鋸(のこぎり)を使って、スピーディーに木を切断していく。鋸は押す時ではなく引く時に力を入れるべきという山太郎の教えをしっかりと守り、自分の体格にあった安全かつ合理的な道具の使い方を心掛けている。

鋸で切った枝の先端にサッとナイフで切り込みを入れて、集めていたツタの中から良い長さのものをくるっと回して括るとツタの先端に、きゅっと結びつける。そこから更にナイフで削って形と握り心地を整えていく。あっという間に釣り竿の完成である。

その一部始終を眺めていた山太郎は、その手際の良さに思わず見惚れてしまった。

「いやはや、器用器用とは思っておったが、呑み込みが早い上に、地頭も良いとは。これが教育を受けていなかったとは、なんとももったいないのう。この子らにはまだまだ教えることが沢山ある。ワシも簡単にはくたばれんのう」

この島にやってきて、既に二ヶ月が経とうとしていた。そろそろ寒い季節になってくるかもしれない。あにまるの子供達に聞いたところ、あにまるワールドにも四季のようなものがあるらしい。猶更冬が来る前に新居は完成させたい。

「おじいちゃん、この釣り竿、何かいつもと違うところがあるの分かるリス？」

「うーむ。ああ、竿に使っている木の材質を変えたのか」

目を細めてからすぐに即答されてはクイズにもならないが、コリスは流石はおじいちゃんと、嬉しそうに頷いた。

「そうリス。この竿に使っている枝はマッチャオの木なんだ」

「マッチャオの木？」

「うん。森の入り口から少し山側に逸れた場所に立っている大きな木リス。一つの木に色んな実をつける、面白い木リス」

「ほう、一つなのに色んな実。不思議な木じゃな」

「そう。マッチャオの木は凄く丈夫だから、今までうまく枝を切れなかったリス。だけど今日、ようやくうまく切ることが出来たリス」

嬉しそうに報告してくれるコリスに、満面の笑みで頷く山太郎。だが、山太郎はそこで少々おかしなことに気が付いた。

――山側の木といえば、見たことがあるが、あれがマッチャオの木だとしても、生っている実は一種類だったような気がするぞ……。

そんな疑問を抱いたが、すぐにコリスに話しかけられる。

「でもおじいちゃん。この釣り竿、アキラやブタサブロウがもっと改良をしてほしいって言ってくるんだけどリス」

「ほうほう。コリスはどうしたらいいと思う？」

「うーん。竿自体は頑丈にしたでしょう？　小さな魚だとこれで釣れるんだリス。だけど、大きな魚は頑張って釣ろうとしてもツタがちぎれて無理みたいでリス」

「それなら竿と同じようにツタを頑丈にすればよいのかのう？」

含み笑いを浮かべながら、山太郎がコリスに問いかけると、すぐに首を横に振る。

「いや、そうじゃないと思うリス。いや、勿論頑丈なツタにもしなきゃなんだけどリス……」

山太郎は片眉を上げて、愉快そうにコリスに続きを促す。

「ほう」

「ツタが頑丈でも、竿ごと持っていかれたら一緒リス。だから、多分、ツタをもっと長くして、魚との耐久戦を見越したものにしなくちゃ。だって、相手も生き物だから、疲れさせれば簡単に釣れるリス。そのためには……竿をもう少し長く？　いや、違うリスね。ツタを長くして、それを収めるホルダー、みたいなものがあった方がいい………リス？」

「はっはっは！！！」

「どうしたリス？　おじいちゃん」

山太郎はコリスの頭に大きく、皺と傷にまみれた手のひらを優しくのせてゆっくりと撫でる。自ら考え、自ら気付きを見つける。すぐにこの子は自分で最善の方法を思いつき、釣り竿を改良することだろう。やはり、山太郎の目は間違っていなかった。

――うむ。コリスに負けてられんぞい。

先ほどから山太郎が頭を悩ましているのは、先日嵐で吹き飛ばされた家を建て直すための図面である。木材を地面に刺して基礎にとは考えているが、どこに建築するか、どういった骨組みにして強化するかなど、様々な条件を思案しているのだ。

「暴風に暴雨、それに地震なんかのことも考えておかねばなるまいな。幸い、この世界には野生動物などはいないから、そういったものの脅威は考えなくていいとして、となると自然じゃな。自然にどう対抗するかが、これからのこの島の建築の鍵を握っておる」

そんな山太郎をコリスが見上げて尋ねる。

「おじいちゃんの世界だと、どんな風に家を作るリス？」

「うーむ。そうじゃな。それは近代的な家づくりでいいのかのう？」

「よく分からないリスけど、おじいちゃんの世界で一番よくある家づくり、かなリス」

「うむ。それならまずは家の基礎が肝心なんじゃ」

「キソ、リス？」

「そうじゃ。この前の嵐の時に家が吹き飛んだじゃろう？　あれは何でだと思う？」

コリスは小さな腕を胸の前で組むと、少し目を瞑って考えてから答えた。

「家が軽かったからリス？」

「まあ、ほぼ正解じゃのう。それなら、どうすれば吹き飛ばされない家になると思う？」

「それは、重くすればいいんじゃないリス？　軽いから吹き飛んだんだからリス」

「それも正解じゃな」

山太郎に頭を撫でられ、照れくさそうに喜ぶコリス。

「じゃあ、家を作る骨組みに沢山の木材を使ったり、屋根や壁も二重にしたりしたら、ガッチリした重い家になって、飛ばされることないってことリスね」

「それは確かにかなり頑丈になる」と前置きして、山太郎は更に続ける。

「じゃが、自然の猛威とは恐ろしいものでのう、途轍もない暴風や暴雨の前だと、どれだけ重いものでも、紙みたいに飛んでしまうことがあるのじゃ。一トンある車……と言っても分からんか」

「車なら、わかものが乗っているのを見たことあるリス」

「おお、そうか。ああいったものでも風があまりにも強いと簡単に飛んでしまうんじゃよ」

「ふうん。それは大変リスね。じゃあ、それに対抗するために、そのキソっていうのが必要リスか？」

「その通りじゃ。基礎は地面に長い棒を沢山打ち込んで、それを土台に家を建てるのじゃ」

「そうしたら重くなるリス？」

「重いなんてもんじゃないぞ。要は地面に家を括り付けているわけだからのう。もしそれで吹き飛ぶんなら、そん時は世界ごと飛んでいくことになるわい」

「うふふふ。それだったら面白いねリス」

「そうじゃろう」

コリスが笑うと山太郎も笑う。二人は仲の良いおじいさんと孫そのものであった。

「その、キソを作るにはどうすればいいリス？」

「それにはまず鉄骨が必要で、コンクリートも欠かせない。じゃが、この世界にそれがあるかは分からんが、確実にいえることは、まずこの島にそんなものはないということじや。だから代用として地面に木材を打ち込んで、それを枠組みにしていくしかない。実際にその作業は一緒にやっておるな？」

「ふむふむ、リス…………………リス」

山太郎が悩みをコリスに吐き出し、それを聞きながら、コリスは木材や小物をこさえていく。それでもコリスは頭の中で山太郎の話を反芻(はんすう)、咀嚼(そしゃく)して、頭を回転させるのであった。

◇　◇

さて、岩場では釣りをしている金髪のおじさん一人と豚のあにまるが一匹いた。

「うおおお！　いくぞ！　ブタ野郎！」

「ああ、アキラブタ!!　今日こそヤツをしとめてやるブタああああ！！」

「うおおおおおおブタ野郎おおおお!!」

「うおおおおアキラああああああ！！！」

水面には、大きな大きな影が浮かんでいる。その全長は2メートルは超えていて、眺めているだけで吸い込まれてしまいそうなほどの存在感があった。

「もっと!!　もっと引っ張れブタ野郎!!　力入ってんのか!!」

「うおおおお!!」

　大きな魚影の先端から伸びているツタに繋がる竿を二人で必死の形相で引っ張る。相手の重さは100キロ以上はあるだろう。竿を引っ張ってこちらに寄せることなど不可能で、逆に相手の動きに合わせて揺さぶられてしまう始末。

「うわああああああああああ‼」

「ひ、引っ張られる！！！！！　落ちるブタ！！！！　もうダメブタああああああ‼」

「ツッツッ！！！　ブタサブロウ‼」

　引きずり込まれそうになる瞬間、金髪のおじさんはブタの少年の手から竿をふんだくり、逆の手で海と反対方向の岩場に向かって押しやる。当然、自分自身はそのまま海に落下するが、それに関して彼は一切厭わない。

「アキラああああ！！！！」

　ザッパアアアアンと大きな水柱を立てて落下する金髪おじさん。巨大な魚は彼らとの戦いに興味をなくしたように、そのまま沖の方へと帰還していく。その背中を見つめながら、二人は大声をあげて悔しがった。

「ちっくしょう‼」

「ぶったああああ‼」

「あー、またヌシを逃がしてしまいましたかー」

　そんな二人をのんびり眺めているのは管理人のカンナである。桃色の髪に小さな帽子を載せ、白いワンピースの上に赤いカーディガンを羽織っている、おっとりした美人である。

「くそ！　ヌシ釣りボーナススタンプがあ！」

「ですが、今ので竿の糸を20本切ったのと、海に30回ダイブしたので、各々スタンプを差し上げますますーー」

「やったあブタ！」

「やったあ、じゃねえよ。……だけどまあ、マイナスも積もればプラスになるってことか。悔しいけど、あまんじて受け取っておくとするか。いや、受け取るのは進さんだけど……ていうか、ヌシのヤツの魚影が段々見えにくくなってきたな。まさか俺、40前だってのに、老眼が始まった⁉　マジかよ……」

海の中でブツブツと独り言を呟いている金髪のおじさんの名前は森秋良（38歳）。その相棒は豚族の元気者、ブタサブロウであった。

「……おや、どなたかがスタンプを稼がれたようですね。5オジと10オジが分けて押されたので、これはきっと秋良さんとブタサブロウさんの、釣りのスタンプかな。糸が切られたのと、海に落ちたノルマが反映されたんですね。それより少し前に押されたのは結構な

数でしたから、きっとまた木林さんがシークレットを達成されたのかな……」

ポンポンと自動的に腕に押されたスタンプを完璧に分析して、穏やかな笑みを浮かべる男性。

最後の住民は、森進（42歳）、おじさん島の島リーダーである。

コピー機の製造会社で総務部主任として勤務していた彼はその総務の手腕を生かして、島生活をより良いものにしていくことに心血を注いでいる。

「郷に入っては郷に従え」という座右の銘を掲げる彼は、スタンプの合理化、人材の適正な管理を心掛け、おじさん島は他の島とのランキングでも堂々の一位となっている。

無人島生活に主軸を置く島。無人島開拓に重きを置く島。あにまるとの交流を図る島。島生活が始まって、それぞれの島がそれぞれの方向へと舵をとっている。進はその全てをバランスよく推し進めるやり方であった。中には進自身が指揮をとるものもあり、レクレーションなどの遊びの類は総務の仕事だ。

あとは住民の困っていることやトラブルを、管理人のカンナや島の神様、「隠居」のおじきちと相談して、対応を模索する。

総務という仕事は何をする部署なのか、疑問に思う者がいるだろう。総合職、と一言にいえばなんとなく「へえ、なるほどね」と相槌を打ちたくなるが、それでは何の答えにもなっていない。

営業とは、商品を売る仕事である。企画は、新しい商品を考える仕事。開発は、考えた商品を作る仕事。宣伝、広報は、商品を認知させる仕事。売り場は顧客にそれを勧め、実際に売る仕事である。会社の利益に直結するそれらはフロントオフィスと呼ばれて、何を行っているのかが明確で分かりやすい。

総務とは逆にバックオフィスと呼ばれ、それらを行う社員が円滑に回るようにするための部署である。社員の福利厚生、冠婚葬祭や健康診断、メンタルヘルス等を担当して、仕事に集中出来るように尽くす、まさに縁の下の力持ちである。

また、会社によっては人事部を別にするところもあるのだが、進の勤めていた会社では総務部がそれを兼ねていた。その経験を生かして、おじさん島でも、それぞれの場所にあった人員配置を行い、住民同士の相性や、個人にスキルにあわせた仕事の斡旋（あっせん）なども行っていた。

そして今、進は森の中を歩いている。左手にノートを抱き、右手にペンを持ち、辺りを散策する。彼はおじさん島の地図を作っていた。

土地や建物の管理もまた、総務の仕事なのだ。

「おじさん島は、私達のカンパニー。会社の所有物と例えるのなら、しっかりと全容を把握して、管理しなくてはなりませんからね」

それと同時に、財産も管理したいというのが進の本音であった。森の中に木は何本生えていて、それにそれぞれどんな実が、どれだけ生っているか。川が何本流れていて、飲み水に使えるのはその何パーセントか。資源、資材、財産を管理することで、必ず見えてくることがある、と進は確信している。

「自分の島（会社）に生えている木や実、野菜がどれだけで、よその島にそれがあるかないかも確認出来たら、貿易も出来るようになります。そろそろ明日夢さんの島だけでなく、他の島にも行かないといけませんね」

その大枠として、島全体の地形や特徴を地図に起こすことが急務であると、進は考えているのだ。

「空を自由に飛べるチュンリーさんならまだ足を踏み入れていない場所のことも分かるのでしょうけど、子供達に無理をさせてはいけませんからね……。ですがまあ、これも含めておいおい、島生活に活用出来る目論見は立っていますがね」

そう言って、珍しく企み顔で笑う進だが、その間にも腕におじさんの顔をしたスタンプがポンポンと景気よく押されていく。

これは、島民が何らかのノルマを達成した際に自動的に進の腕に押されるもので、スタンプの数に応じて、島生活に便利な様々な物品と交換することが出来るのである。

「流石はみなさん、今日も順調にスタンプを貯めてくださいます」

進の腕には大きなおじさんの顔が3つ、そして小さなおじさんの顔が十数個押されている。毎日の体操や、島の清掃等でもらえるルーティーンをこなしていることもあり、既に３００オジ以上のスタンプを保有している。

スタンプの使い道についても進達は熟考を重ねてきた。

「うーん。島生活に慣れてきたので、そろそろ嗜好品（しこうひん）なんかに手をつけてもいいのかな？　いや、それよりも更にここは島生活を充実させるための便利な道具を交換した方がいいかもしれません。工具や機具。収納ですとか、小物関係ですかね。それとも、秋良さんやチュンリーさんのために服飾関係の布を増やしますかね」

スタンプで交換出来るものはノルマブックに記載されている。例えば食器や調味料等、島で調達が難しく、それでスタンプ自体も少なくて済むものは交換するようにしている。基本的に暴利なものはないのだが、それでも濾過（ろか）装置などはスタンプ消費が80と少々高かったりする。それは木林が持参したペットボトルもあったので、砂や土を使い、自前で代用するなどして、節約しながらスタンプを使用していた。

今までに何を交換したのかも、全て進はノートに記録している。

炭10オジ　鍋セット10オジ　食器セット10オジ　調味料セット10オジ
ライター60オジ　ドッジボール20オジ　ワープゲート50オジ　メモ帳5オジ

ペン5オジ　鉛筆3オジ　消しゴム2オジ　ナイフ15オジ　けん玉10オジ
ハーモニカ10オジ　ビニール袋10オジ　布類5～20オジ

この無人島生活のキモは、スタンプでどのような物品を交換するかが大きいので、進は毎日スタンプ交換ブックとスタンプノルマブックとにらめっこをしている。

勿論（もちろん）、他の住民からのリクエスト欄も設けてある。

ネコミやブタサブロウはボールなどの玩具。チュンリーはエプロンや布、山太郎やコリスは工具類。秋良は特になしで、木林はゲーム機やボードゲームなどのゲーム関連であった。

それらを見つめながら、一人で相対的に考える。勿論、他のおじさんやあにまるの子供達に相談することもあるが、島にとって今一番必要な備品は何かを考えて決定を下すのは進の役目であった。

島で土木作業が必要で、山太郎の持参した工具でも足りない場合は鋸（のこぎり）や斧（おの）を調達。本来なら山太郎は「車両」の欄にあるダンプカー、ミキサー車、ブルドーザーなどが喉（のど）から手が出るほどに欲しいだろう。これが手に入ればおじさん島は「建設大国」へとなることが出来る。建物は勿論、森の開発から道を造り、橋を架けることも可能である。だが、それらの車両は一台でもゆうにスタンプ１００００オジが必要なのだ。必要な車両を揃えるためには更に数万のスタンプボーナスがいるが、進が探す範囲ではそんなものを一発でゲット出来るスタンプノルマなど存在しない。シークレットスタンプの中に存在するかもしれないが、難易度も万倍高いものであるはずだから、それだけの危険を冒させるつもりも毛頭ない。

　秋良はああ見えてかなり周りに気を配るタイプなのでリクエスト等に自分の欲を書き出したりはしないが多分、欲しいのは布類だろう。

　服を作る作業はスタンプを節約出来る上に「服を作る」というノルマスタンプももらえて、一石二鳥である。更にはこれはよその島との物資の交換などでも非常に使える。事業として、商売にしても問題はない。ショップ店員だった秋良には猶更である。

　木林はこの世界のゲームをやってみたいと結構頻繁に言っている。元々プログラマーだから当然かもしれない。これに進は「木林さんは自分の楽しみのことばかり考えて……」と落胆して失望するようなことはなかった。何故なら、木林こそ意外性の男であり、今まていくつものシークレットを引き当ててきたのだ。これは記憶に留めているだけで書き留めてはいないが、個人のスタンプ獲得量でいうと、木林がダントツで一位である。なので、実際にそんなことはないが、木林がもう少々傲慢な人間だったら「自分が手に入れたスタンプを自分で使おうが勝手ではないか」と主張してきてもおかしくないのだ。彼は進には考えつかない、奇抜かつ突拍子もない行動がみられる。ひょっとすると、この世界の謎を解き明かす鍵を握る者こそ、木林なのではないかと考えているほどであった。

しばらく散歩をしながらスタンプや今後について考えていた進だったが、今一番急務として考えることについて、空に尋ねてみる。

「ところでおじきちさん。パンダさんに関してなんですが」

「なんだおじ」

すぐに、空中から声が返ってきた。そこには茶色のジャージに身を包んだおじさんが浮かんでいる。ジャージの上着には大きく「神」と書かれていて、その顔は先ほど進の腕に押されたスタンプそっくりである。それもそのはず、このおじきちの顔をモチーフとして、このおじさん島のスタンプは出来ているからであった。

本名は皇子吉右衛門（おうじきちえもん）。元々はあにまるワールドに住む「わかもの」だったのだが、世界による「呪い」で35歳以降、つまりおじさんとなってからは隠居として、世界に干渉出来ない、神となったのである。進達現実世界のおじさんをこの世界に連れてきたのは、隠居の中でもあにまるに同情的な数人が考えた『はたらけ！　おじさんの森』プロジェクトのためである。

「パンダさんをこの島の住民にするには、何か手続きが必要なのですか？」

「それも、ソウムの仕事おじ？」

「ええ、私の会社では新規雇用の募集や採用も担当していましたからね。勿論(もちろん)、役目といえば、島リーダーの立場としても当然のことです」

パンダとは、先日砂浜に流されてきた新しい種族のあにまるの子供のことである。彼は自分がパンダ族であり、名前もパンダだと名乗った。パンダ族は特別で、名前も全員がパンダしかいないそうなのだ。そのパンダを追って島に上陸してきた数人の「わかもの」との戦闘があったが、進達おじさんの活躍により、撃退することに成功したのだ。

「そういえば、わかものさんを撃退してもスタンプとかは、もらえないんですね」

「言っただろうおじ。あれは完全にイレギュラーだったと」

「確かに、本来この『はたらけ！　おじさんの森』プロジェクトは私達をモニターとして、あにまるさん達を救済しようというものですものね。自ら進んで戦ってしまうと、意味合いが変わってしまいます」

おじきちがどう返答するかを分かった上で進は質問をしていた。要はおじきちにこのゲームのルールを確認をしているのだ。

実際に「わかものを撃退する　５００オジ」などとスタンプボーナスを設けられてしまうと、スタンプ欲しさに危険な行動に出てしまうユーザーが出てくるかもしれない。スタンプというのはこのゲームをやっているおじさんにとってはいわば貨幣と同じ意味合いを持っているわけで、金が絡むとどんな善人も魔が差してしまい、正常な判断が失われることもあることを進は重々承知していた。

進は更にパンダを住民にする方法について尋ねる。

「何か契約書みたいなものに、サイン、いや、拇印といいますか肉球印を押してもらえばいいんですかね。それなら書式を教えていただけますとありがたいですが。それとも、こちらで勝手に書式を揃えたらよろしいでしょうか？」

「いや、契約、ではないおじ。住民にする方法は、本人の意志が固まれば、勝手に住民としてカウントされるようになるおじ」

「それはつまり、パンダさん本人が自分でこの島の住民になろうと思った時がその時ということなんですね？」

「そういうことおじ。それで何が変わるかというと、一番はパンダの行動もスタンプ報酬の対象になる、ということおじね。まあ、住民が増えること自体にスタンプボーナス30オジがあったりもするおじけど」

それを聞くと進は腕を組んでうーんと唸った。

「本人が『住民になりたい』と思ったらですか……シンプルですけど、気持ちの問題っていうのが、なかなか難しい条件ですね。なるほど、住民が増えるとスタンプが更に多く手

に入る可能性が増えるということなんですね、ふむふむ」

「それもあるおじけど、『全員でこなすミッション』になると、人数が多いことがネックになる場合もあるおじ」

「なるほど。あはは、おじきちさん、随分と色々と教えてくれるようになりましたね」

「当然おじ。ススム達は僕達の勝手な計画に巻き込まれたことを知っても怒らずに、あにまるのためにこの島での生活を続けてくれているおじ。ルールの範疇内（はんちゅうない）なら、こっちも協力を惜しまないおじ」

おじきちは明言しないが、パンダはこの世界で特別な存在のようである。つまりパンダを仲間にすることは、進達おじさんにとっても、おじきち達おじさんにとっても、どの世界のおじさんにとっても、悪いことではないのだ。

「まさに全おじさんの意見は一致した、ということですね。よし、それでは、目下の目標は『パンダさんを住民にする！』です‼」

そう、高らかに宣言する進。

おじさんとあにまるが共存する楽園。その名も、おじさん島。

この物語は、おじさんとあにまる達が織り成す、ハートフル無人島ストーリーである。

17　第39回おじさん会議を開催しよう！

前回までの『はたらけ！　おじさんの森』を簡単に説明するのなら、世界的超人気ゲームソフト『あつまれ！　あにまるの森』の発売日に、様々な事情があり入手出来なかったおじさんが、代わりにもらったソフト、それが『はたらけ！　おじさんの森』である。その『はたらけ！　おじさんの森』を家でプレイすると、突如あにまるワールドに飛ばされてしまったおじさん達。そこがゲームの世界なのかはたまた異世界なのかは定かではないが、そこには彼らおじさん達に『はたらけ！　おじさんの森』を与えたおじきちなるおじさんの神様がいて、おじさん達に、あにまるの子供達と共に無人島生活を送ってほしいと告げるのだった。

よく分からず始めた無人島ライフだったが、おじさんとあにまるの子供達の絆は日に日に強くなり、おじさん島は他の島に引けを取らない、最高のおじさんとあにまるの共同島となった。

そして、共同生活が続いたある日、おじきちから『はたらけ！　おじさんの森』の真実が語られるのだった。

あにまるワールドでは「わかもの」と呼ばれる人間があにまる達を支配していて、彼らからあにまるを解放するために、元わかもののおじきち達が考えた計画が『はたらけ！おじさんの森』なのだった。

わかものは35歳を過ぎるとあにまるワールドのシステムにより「隠居」という神に近しい存在となり、特殊な能力が手に入るが、周りに一切干渉が出来なくなってしまう。

『はたらけ！おじさんの森』というシステム自体、おじきち達「隠居」が描いたシナリオだったが、巻き込まれたおじさん達はあにまるの子供達を放ってはおけず、おじさん島に現れたわかもの達を見事撃退して、新たなあにまるである、パンダを保護したのだった。

彼らの望みはただ一つ。このまま平和な島生活を送り、あにまるの子供達と共に暮らすことであった。

そして、島リーダーの進は、パンダをおじさん島の住民として迎え入れようと考えていた。

「さて、それでは第39回おじさん会議の時間でございます」

「おじさん島」の島リーダーで、中小企業でサラリーマンをしていたスーツ姿のおじさん、森進が音頭をとって、会議は始まる。

子供達が寝静まった現在の根城の洞窟を後にして、砂浜で焚火を囲んでおじさん達は会議と称して宴会を行うのだ。それこそが、通称「おじさん会議」である。

一番白熱した会議は第1回の「おじさんって一体何歳から？」と第15回の「ビールに最高にあう、至高のつまみとは⁉」である。つまみに関してはその日だけで結論は出ずに、三日間の熱論の末、最終的に進の島リーダー権限でエイヒレで収まったが、未だ他のおじさん達は最強のつまみについて議論したくてたまらない様子をみせる。だがそれは結局諸刃の剣となり、やれ刺身だ天ぷらだ枝豆だアヒージョだと、彼らが議論すればするほど、おじさん達の口は次第にそれを食べたくなってしまい、あにまるワールドにない食べ物を渇望する、もどかしくも地獄のような時間が待ち受けているのだった。

勿論、議題はそれだけではなく、あにまるの子供達の未来や生活に関しても話し合っているのだが、それ以外の雑談に熱が入ってしまうのは、やはりアルコールが入っているからであろう。

「さあ。議題に入る前に、乾杯しますかね。今日は日中はまだ暑かったですし」

そう、彼らおじさんにとっては、乾杯の音頭が、会議の開会宣言となるのであった。

「それでは、今日もおじさん島と、子供達の輝かしい未来に、乾杯」

「乾杯‼」

「乾杯!!」

「乾杯!!」

おじさん達は同時に銀色の缶に口をつける。ゴクゴクという、おじさんの喉の音だけが宙に響き渡ると、プファという恍惚のため息が漏れる。

「ああああああかあ!! うまいいいいい!!」

「いやあああああああああああ最高だあああ！！！」

「……美味い……やはり、仕事の後に飲む一杯は、格別じゃのう」

「悪魔的！！！！！ 悪魔的炭酸麦酒飲料ですぞおおおおお！！！ うおおおおおおお！！！！！」

ビールはおじさんの活力源とはよく言ったもので、どれだけ労働が大変だろうと、この命の水さえ口にすれば彼らは不死鳥のように何度でも息を吹き返し、社会の歯車となり、無限かつ無敵の労働力を発揮するのであった。それが彼ら、社会人おじさんの基本。過去の日本の債務を背負い、未来を見据える、絶望すらも希望に変える歯車としての心意気である。

おじさん島にはビールがある。ビールのお陰でおじさん島が他の島との競争でも一位を取っているという推測は、あながち間違ってはいない。あにまるワールドに来る際、おじさんがプレイした『はたらけ！ おじさんの森』では、最初の入力画面で、「無人島に一つだけもっていくことが許されるなら？」という質問があり、そこで答えたものを、おじさん達はあにまるワールドに実際に持参することが出来たのだ。

進は「救急セット」、木林は「ペットボトル」、山太郎は「工具セット」と、堅実なものが並ぶ中、秋良が入力したのが「缶ビール」だったのだ。

毎日アフターファイブに自動的に補充されるという優れものであり、そして、どうやらあにまるワールドにもビールがないようなのだ。

木林が冗談めかしていう「秋良殿のビールで、この世界をビール無双することも可能かもしれませんぞ」という言葉も、あながち見当はずれでもないのかもしれない。

乾杯をした後、進が作ったおつまみを皆に振る舞う。

「あ、とですね。これはちょっと私、今日木林さんやネコミさん達が新しく採ってきてくださったケモンチョロンの皮を剥いで、ちょっと湯がいてアクを取ってから塩と醤油で味付けして焼いたものです。クレハを軽く搾ってありますので、さっぱりすると思います」

クレハとは黒色の葡萄のような実で、その一つ一つがレモンのような酸っぱい果実である。単体で食べるには酸味が強すぎるが、料理にかけると爽やかなアクセントとなるので、進は好んで使うようにしているし、チュンリーやネコミ等の調達班もクレハを見かけると乱獲しないように数個を採ってくるようにしてくれている。

「おお！　既にもう良い匂いがするね」

皿に盛られたケモンチョロンの塩焼きクレハ添えを見て、秋良が歓声をあげる。

見た目は少し小さな黒い四角形の料理だが、あにまるワールドは魚や実の色が派手なものが多いので、おじさん達は既に見慣れていて、とにかく味重視の傾向となっていた。

「いただきますぞ！」

山太郎やコリスが削ったお手製の箸でケモンチョロンを摘み、口に入れる。

「お！！！　ううまいいい！！！」

「何か……どことなく豆腐？　に味が似ていますなあ」

「確かに！　そうじゃのう！　豆腐みたいな味じゃ」

「良かったです。気に入っていただいて。ですが、黒いケモンチョロンが白い豆腐と似ている、というのはまた面白いものですね」

進は自身のメモに「ケモンチョロン＝豆腐」と書き記した。

この、何かに似ている、という感覚はあにまるワールドの他の食材でもたまに出くわすことがあった。そして逆に、あにまるワールドだけの味、というものも確実に存在していて、その違いに関して進は個人的に関心を抱いているのであった。

——何か関連性があるのか、必然的なものなのか。多分、他の島のどこかには料理人の方が来ているはずですので、その方の意見も聞いてみたいものですねえ。

「ああ、美味い美味いですぞ‼」

「最高だぜ！！」

「懐かしい感じでワシは好きじゃな」

進の思考の横で他のおじさん達はケモンチョロンをあてにビールを飲む。

「ぷはあああ!!」

「最高！！！」

「こういうのもあっさりしていいな。この世界は肉がないというのに、不思議と実や山菜なんかがしっかり脂を持っているからのう。それも悪くはないが、ワシはもう結構な年じゃからな」

果実やキノコ、山菜などがジューシーなのもこのあにまるワールドの特徴である。魚以外、肉が存在しない世界への補足的存在なのかもしれない。わかものは見た目が普通に人間なので肉体の構造も同じだろうし、あにまるにしても二足歩行でどちらかというと「人間寄り」の構造をしているはずだと進は推測する。

ならば動物性たんぱく質等も必要であり、それらを取るために、実や山菜がそれらの栄養源を備えてくれているのか、それを備えさせるために、世界が「調整」しているのか、それは分からない。

——世界が、それを、ですか。いや、これは戯言ではないかもしれません。

妙にしっくりくるその考え方を進はメモではなく、胸の中に落とし込んだ。

あにまるワールドにある食材の二つの違い。現実に似ているものと、まったく違うオリジナルなもの。

その実験のため、というほど大袈裟でもないが、進は彼らにもう一品を差し出す。

「そしてこれは、同じくネコミさん達が取ってきてくれたゴウマの実で作ったものなんですが、これはすり潰して、ペースト状にして、油で両面を焼いてみました」

皿に盛られたゴウマはこんがり焼けた、平べったい白い料理である。小さな実を横に添えてある。

「へえ、こんな食べ物もあるんだ」

「うごおお！！？？　これはまた、なんともかぐわしい匂いがしますぞ!!」

「ゴウマは食材自体にしっかり味がついているので、軽く塩をして焼いてみただけなんですが、食べてみてください。ぶっ飛びますよ」

いただきますと、おじさん達が箸でゴウマをつまんで口に放ると、全員がカッと目を見開いた。

「ツツツツツツツツツツツツツ！！！！！！！！！！！！！！！！？？？？？？？」

「ツツツツツツツツツツツツツ！！！！！！！！！！！！！！！！？？？？？？？」

「ツツツツツツツツツツツツツ！！！！！！！！！！！！！！！！？？？？？？？」

口の中に入った「それ」を意識した途端、それが外に出ないようにしっかりと口を閉じる。更にはその上から手を添えて押さえる行為まで、おじさん三人の動作がピタリと揃った。

　まず初めに口を開いたのは秋良だった。

「…………ええええええ‼　なにコレ。本当に、今まで食べたことのない味。いや、味とかの話じゃねえな。食感、って言い方すらなんか違う気がする」

「いやはや……。驚いたのう。なんじゃこれは。新しいのう。初めてナタデココを食べた時の10倍の新しさと驚き、ときめき、というか。いや、う〜ん、もう、おじいちゃんのワシにはこれをうまく表現することが出来んわい」

　三人とも、その美味しさに目を輝かせてはいるのだが、しきりに首を傾げることしか出来ない。そう、形用する言葉が見つからないからである。その中でも、一応創作関連の仕事、プログラマーをしていた木林がなんとか答えを見つけ出そうとする。

「ええと、ですね。食べた瞬間に、消えて、外に行ってしまったのだと、拙者は思ってしまったでござる」

「それだそれ！！！」

　だから、全員食べた瞬間に口を押さえたのだった。外へやってはいけない、と。

「俺も、食べた瞬間に出ていった、と思っちまったんだ。いや、食べてない、こぼしちまった、と思ったのかな」

「そうじゃのう。じゃが、実際口の中にはその味が残っている」

「うんうん。強烈な美味しさが稲妻のように走ったと思ったら、既に食感はなく、とにかく初めての経験に、狼狽えちまった、って感じ？」

「そうでござるな。味に感動していいのか、口の中で起きている現象を解明すべきなのか、感覚が麻痺してしまったでござるな」

進も味見をした時にまったく同じ思いを抱いた。とても、触れたことのない、掴み所のない、強烈な味と食感と空間。そう、食空間とでも呼ぶべき場所に連れていかれた気分だった。

「山芋、とかじゃないんだよ。食べたら消えちゃう感じ。だけど口には残っている」

「わたがし、というのも違う。メレンゲ？　ああ、何か例えれば例えるほど違うな」

「……分かりましたぞ。それならもうこれはゴウマの味、という風に覚えるしかないでござるな」

木林の表現を聞いて、進がパチパチと手を叩く。

「そうです。まさに正解。これはあにまるワールドでは、木林さんの言う通りゴウマ味と、言うそうですよ」

「ごうまみ……」

その響きを反芻して、山太郎が腑に落ちた表情を浮かべる。それはそうだ。今まで食べた何とも比べることが出来ないもの。それがゴウマなら、もう、ゴウマ味というしかないに決まっている。

「……うわあああ。これは、酒の肴にもってこいじゃなあ」

これがあにまるワールドオリジナルの食べ物である。

とにかく素材自体に爆発的な旨味が入っているのがその特徴であった。木林をして「虹を食べている、としか形用出来ない」という七色の味のポッコレの実や今回のゴウマ。多分他にもあるだろうそれらの食材は完全に「あにまるワールドオリジナル」である。

「ていうか、この世界のわかものってのはこれで酒を飲みたくならないのかねえ」

秋良がゴウマを食べながらビールを美味しそうに喉に入れてぼやく。それには、木林も熱心に頷いてみせる。

「まあ、若者ですからの。お酒の味は分からないんじゃないでしょうかな。キヒヒヒヒヒヒ」

「いや、でも下は0歳から上は34歳までいるんだから、わかものはわかものでも、その一括りで大丈夫なん？」

何かに似ているものと、食べたことのないもの。それはまさに二足歩行の動物という、現実世界でよく知っている生物が、別の生態で生きてるこの世界を象徴しているのかもしれない。

どちらにしても、この世界では料理がどのように発展しているのか、というのは更に進の興味のあるところであった。

そして、管理人のカンナもちゃっかりゴウマに舌鼓（したつづみ）を打ち、ビールを飲みながらも、どこか含みのある表情で進を見つめていた。

つまみと酒が進んでから、進は会議を開始する。

議題は、漂流してきたパンダをどうするか、である。

一番年長、たった一人の60代、白髪交じりで孫までいるおじさん、というよりかもはやおじいさんの山太郎が口を開く。

「パンダをどうするか？　そりゃあ、当然、うちの島の住人にするのが一番じゃろう！」

「ああ、わかものはパンダは特別だっていって狙っていたから、それなら猶更（なおさら）誰かが保護しなくちゃならねえじゃねえか」

パンダは特別だと狙われていたからパンダを追放する、という意見など、絶対に誰も出さないのを見て、管理人のカンナはやはりこの人達は最高のお人よしなのだと、不思議な笑いがこみあげてくる。

「パンダさんにも聞いてみたのですが、こうおっしゃってました」

そして進はパンダの様子を語る。

「ボリボリ……この島の住人だとか、そんな小さな話など、ボリボリ……聞いてはおれんパンダ。我はボリボリ……このあにまるワールドを統べる存在、至高にして孤高のボリボリ……存在、パンダであるパンダぞ。それがなにがボリボリ……ちっぽけな島の住人程度に収まっておられようかパンダボリボリ……」

パンダはすっかり好物となっていたポテトチップスをバリボリと食べながら、そう答えたそうだ。

「……なんかとっくに餌付けされてる感ない？　このままポテトチップスにつられてうちの住民になるんじゃねえの？」

進の話を聞いて、秋良が呆れたように言うが、進は首を横に振る。

「私の感触としましてはパンダさんはまだまだ警戒されておられるようですね。ご本人もわかものさんもおっしゃってましたが、パンダ族はこの世界では特殊のようです」

「ふうむ。それを詳しく聞きたいところじゃがのう……」

「そうですぞ。何かこの世界の謎を解き明かすヒントがあるかもしれませんからね」

謎解きが好きなのか、木林の眼鏡が怪しく光る。

「元々がパンダさんはこの世界を支配していたとおっしゃっていました。それが、わかものさん達が現れる前のことなんでしょうけど……」

以前わかものが島に襲撃してきた時におじきちから教えてもらった情報が幾つかある。

わかものは元々人間で、かなり昔にあにまるワールドにやってきたのだと。

初めはあにまると友好的だった人間とあにまるの関係だったが、次第に人間があにまるを支配するようになってきて、対抗手段として、あにまるワールドの精霊は人間に呪いをかけた。

35歳、おじさんになると神となり、隠居生活を強いられ、世界に干渉が出来なくなるのだ。超人的な力は手に入るが誰からも見えずに、誰にも影響を与えることが出来ない。

別世界のおじさんである進達には隠居の姿が見え、その力も及ぶために、媒体としてこの世界に連れてこられた、というわけである。

「それに、パンダさんは漂流された時の疲労も完全に抜けきっているわけではありませんん」

「うむ。それなら絶対に外に追い出すわけにもいかんな。わかもののことは子供達に伝えるかの？」

「俺は黙っていていいと思うんだけど。この前みたいに何かあったら陰で守ってやればいいんだからさ」

よその島であるフラワー島の森山明日夢に教えを得ただけあり、秋良の中にはあしながおじさん的な思想が入ってきている。ぶっきらぼうに言っているが、秋良は子供達に余計な心配をかけたくないのだ。

「うーん。本当は私も黙っていたいのが本音なのですが、ただそうなると、実際に次にわかものさんがこの島に上陸して、子供達と遭遇してしまうと、的確な措置がとれない可能性が生まれますからねえ」

「一応、今回の件を知っておいた方が、子供達も心づもりや対応が出来る、ということですな！　備えあれば憂いなし、ですぞ」

パンダの件とわかものに関しての決定事項が終わると、会議は終了した。

それからはもう少しお酒を飲んで、あとは好きに引き上げて寝るのが、習慣となっていた。

飲み食いしたものを片付けていた木林を、カンナがジッと見つめる。

「どうしたでござるか？　カンナ殿」

「いえ、今更ですけど。木林さんのその口調が、どこかで聞いたことあるような気がしましてしてしてー」

「いや、それはマジで今更すぎるだろう？　大体そういう口調だろう。木林さんみたいなオタクって。ほぼほぼ『ござるござる。〜〜殿、拙者は〜〜でござる』って言っていると思うぜ」

秋良が身もふたもないことを言うが、カンナはまだ何かを思い出すようにその瞳を宙に浮かべている。

「そうなんですが、ニュアンスといいますか……」

「あ、実はですねカンナさん。私もそうなんですよ。どこかで聞いたような声だな、とも」

進まで賛同しだしたものだから、秋良も無碍に扱うわけにもいかなくなった。

「ふーん。なにか、ひょっとしたらどこかで知り合いだったのかもしれないな」

18　パンダを住民に勧誘しよう！

次の日、進は正直に子供達にわかものの襲撃について話すことにした。

彼らには衝撃的な話であることは分かっているが、それでも同じ島の住人、家族として黙っているわけにもいかない。

「わかものさんがまたこちらにやってくるかもしれませんが、おじきちさんには結界を更に強くしてもらっているので以前より格段に見つけにくくなっています」

これは決して気休めではなく確かな事実であった。おじきち達には神通力があり、それは実際にはこの世界に干渉することは出来ないのだが、進達、別世界のおじさんを媒介にすると、簡単にそれが可能になるのだ。分かりやすく言うなら、スタンプの景品等がそうである。スタンプはあにまる達には見えないが、具現化したグッズは見える。要はそれが、結界にも適応されているのだ。

「この世界にやってきたおじさん達の空気？　おじさんのオーラ？　といいますか、まあ、おじさん臭ですね。その独特のにおいを介して結界を張っているそうですので、もっともっとこの島が活動的になると、もっともっと島にモヤがかかるという複雑な仕組みになってますます」

「全然複雑じゃねえよ。かなりシンプルかつ、なんか字面的に気持ち悪いモヤの説明になっちまったな。おじさんのにおいが結界って、それでいいの？」

管理人のカンナの説明に秋良がしっかりとツッコミを入れる。

それでも不安でいっぱいのあにまるの子供達はぎゅっと手を握り、秋良にこう懇願するのだ。

「アキラ!! もっとモヤでこの島を隠すネコ、おじさん臭をまき散らしてほしいネコ」

「言い方よ」

シリアスな雰囲気が一気に崩れ、秋良が憮然として呟く。山太郎は腕をまくると筋肉を隆起させ、子供達を元気づける。

「まあ、心配するな。たとえわかものがやってきても、またワシらが追い払ってやるから」

実際、山太郎の剣道の腕前でわかものを三人懲らしめているので、これも嘘ではない。

そしてその後、進はサラッとパンダが住民になることについて語る。

「それで、パンダさんを正式にこの島の住民にすることにしたんですが、それにはパンダさんが心から住民になると願ってくださらないと駄目みたいですので、そこんとこ、よろしくお願いしますね」

「ちょっと待つパンダ、勝手に決めるでないぞパンダ」

　当たり前のように進行する進にパンダが口を挟む。実際、全てはパンダの気持ち一つなのだ。

「我はこの島の住民になんかならないパンダ。パンダは何物にも縛られるものではないパンダ。ポテチは気に入ったが、この島からは、しばらくしたらおさらばしてやるつもりパンダ」

「おさらばして、一体どうするつもりなのですか？」

　何が彼をここまで意固地にさせるのか。進はパンダに優しく問いかける。

「そもそも、パンダさんは今まで一体どこで生活をされていて、どういう経緯で今回この島に漂流されてきたのでしょうか。よければお聞かせください」

「嫌だパンダ。何故お前に教えなければならないパンダ」

　断固として説明も会話も拒否するパンダは更に話し続ける。

「それに、パンダはこんな何もない無人島に相応しくはないパンダ。パンダは相応しい場所で、パンダに相応しい配下と共に暮らすパンダ。パンダキングダムで悠々自適な生活を送ってやるのが我の野望だパンダ」

「結局どこに行くのかは全然分からないし、その算段もとれてない感じブタ」

「うーん。行く場所がないなら、しばらくここにいていいんじゃないネコ」

「どっちみち、スズム達が放っておくわけないでしょうからねえスズメ」

パンダがどれだけ喚こうが、この島のおじさん達の性格をよく知っているネコミ達は普通に話をパンダが住民になる方向で進める。

「こらーー!! だから何で勝手に話を進めるパンダ! 話を聞いておったか? 住民の件は我の意志が全て鍵を握っているのではないかパンダ」

「遅かれ早かれ、どうせこの島の住民になるに決まっているリス。だからあれこれ言ったところで無駄リスよ」

「臆病者の栗鼠族までなんたる口の利き方パンダ……」

完全に意見が一致している状況に驚愕を覚えるパンダ。

一体この島はなんなのだろうか。正直にいって――夢の島だった。

それぞれのあにまるが委縮もせずに、個性を発揮している。

それはまるでわかものの施設で抑え込まれていた「野性」を取り戻しているかのようである。

それこそ、それこそまさに、パンダが夢見た、パンダが成し遂げたい世界の解放、理想ではないか。

あにまるワールドをあにまるに、返す。

――どうするパンダ。我の計画をここで実現すべきなのかパンダ。だが、我には同志が……。

いや、違う。そもそもの考え方から間違っていた。理想だからといって、この島を巻き込んでいいはずがないのだ。ここは夢、理想のモデリングとして、遠くから眺めていればいいのだ。そして、こんな島を世界中に広げる。それを実現するのが、パンダの使命なのだ。

一瞬の葛藤の末、パンダは自分の立ち位置を、これから起こす行動を決定する。

パンダは顔を上げると、にやにやといやらしく笑いながら全員に向かってねっとりと語りかけ始めた。

「本当にいいのかパンダ？　我が本当にこの島の住民になっても」

「なんでネコ？」

素朴に首を傾げるネコミに、パンダは更にいやらしい口調で説明をする。

「さっき、そのニンゲンが言った、この島を偵察にきていたわかものはな、そもそも我を追ってきていたといったら、どうするパンダ」

「なに？」

これは嘘でもなんでもない、紛れもなく完全なる事実であった。パンダがいると、そこにはわかものの手がおのずと入ってくるのだ。わかものにとってパンダとは、見逃すことの出来ない世界の創造主であり、二進法で作る白と黒の支配者であり、破壊者であり再生者であり改変者であった。

そして当然、あにまるの王でもある。白と黒。人間側に寄ったのが熊で、あにまる寄りが白熊だなんていう冗談があるほどである。世界を白にするか、黒にするか、それはパンダ次第なのだ。

パンダの放った衝撃的な言葉が、この島の生活を大切に思っている子供達に効かないはずがない。

平和な島を思えば思うほど、それを願うのが住民の性なのだ。今日みたいな日が、明日も、更に先も続けばいいと思っている。それこそが、健全な心である。その無垢な気持ちをパンダは利用して、そして一匹の無垢な少年がその策に掛かった。

「……俺は嫌だブタ……」

一匹の豚族が呟き、全員がそちらを振り返る。

「その、パンダをこの島に置いておくのは、嫌だブタ……」

「ブタ野郎……？」

不安な瞳を隠すことなく、ブタサブロウは進に尋ねる。

「ススム、本当なのかブタ？　さっき、わかものがこの島にやってきたっていうのはさ。あいつが、パンダがやってきたから、じゃねえのかブタ？」

「それは……」

進はそこで嘘はつけなかった。ここで適当な嘘をついてしまうと、それこそこれまで築いてきた信頼関係まで失う恐れがあるのだ。更に追い打ちをかけるように、パンダが笑いながらブタサブロウの問いにははっきりと答える。

「豚族の癖に少しは頭が回るようだな。そうだパンダ。我がこの島にやってきたことでこれから沢山面倒が起こるパンダ。住民にするなどとはおかしなことだ。パンダはもっとしかるべき高貴な場所にいるべきなのだパンダ」

敢えて高らかに。王の孤高を印象付けるように。パンダは群れない。頂点に立つしかないのだ。それが決められた掟。定められた宿命。

この島のことなどどうでもいいというパンダの口ぶりに、ブタサブロウは怒りの表情を浮かべる。

「なんだよブタ。俺達はこの島を気に入っているんだブタ。ずっとここで暮らしたい。嫌なら住民になんかならなくていいブタ。ススム、追放しようブタ。だって、わかものはあいつを追いかけてくるんだから。だ、だから。す、ススムの島リーダーの能力で、あいつをどこか遠くへ飛ばして………」

「ブタ野郎！」

秋良が叫ぶと、ハッと、ブタサブロウは我に返る。周りの視線を感じて、狼狽えた表情を覗かせる。

「………あ、いや。あ……、お、俺は、一体何を言っているブタ。ちょっと、頭を冷やしてくるブタ」

「ブタサブロウ‼」

いたたまれなくなり、ブタサブロウは、そのまま森の中へと駆けていった。

その後をすぐに秋良とチュンリーが追いかけていく。

その光景を見て、パンダは心の中で頷く。

――これでいい。こんな空気を作り出す者は共同生活には向いていないと、追い出されるはずパンダ。

「……咄嗟に出た言葉とは思うけど、ブタサブロウの気持ちも、分かるリス。だって、こんな生活が訪れるなんて、夢にも思っていなかったからリス」

ブタサブロウを庇うように言葉を紡ぐコリスを、パンダが笑う。

「パッパパッパ！　やれ住民だといっても急ごしらえのもの。脆いものパンダ。偽善者は偽善者同士、仲良く群れをなしていたら良いパンダ」

「ちょっとパンダ殿、流石にひどいでござるぞ‼」

全てパンダが想像した通りに進んでいる。良い具合である。

だが、そこで、蔑むわけでもなく、憐れむわけでもなく、じっと自分を見つめている視線に、パンダは気が付いた。

「……何をそんなに怯えているネコ？」

猫族の少女、ネコミであった。パンダの目の前に立ち、全てを見透かすような瞳で、見上げていた。昔、まだニンゲンがあにまるワールドへやってくる前、あにまる達は野性の力を持っていた。猫族は優れた体幹に、桁外れの——直観。視えないものも、見透かす瞳。

「み、見るなパンダ!!」

ハッと、パンダはネコミを遠ざける。おじさんとあにまるを分裂させるには、もう十分である。慌ててパンダも、ブタサブロウが去っていった森とは逆の方へと、よたよたと歩いていった。

その背中を追う者は、誰もいなかった。

「なかなか大変なもんじゃのう。新しい住民を一人迎えるだけでもなあ」

残された者の中に漂う沈黙を破るように、山太郎がやれやれとため息を吐く。

「まあ、新しい仲間が入る、という時は波風が立つものですよ。異動だったり、新入社員だったりと、懐かしいですね！」

進の表情を見る山太郎の眼差しには一切の不安要素も陰っていなかった。

「まあ、こちとら人生半分以上生きているわけじゃからな。進君も流石じゃのう。あんたがこの島のリーダーで本当によかったよ」

「こちらこそ、山太郎さんが住民で良かったですよ」

ブタサブロウには秋良がついていったから何の問題もない。パンダの後は進が追うとアイコンタクトをすると、山太郎は残った子達は自分に任せろとウインクを一つ返すのだった。

森の奥へと走ったブタサブロウは木に登り、枝の上で小さく、うずくまっていた。幹で足を滑らせ、何度も落ちて、だがそれでも爪を立て、足を上げ、がむしゃらに登っていると、一番高い所に来てしまっていた。

――俺は、何てことを言ってしまったのだろうかブタ。

この島の生活の居心地が良すぎて、好きすぎて。進が、秋良が、山太郎が、木林が、ネコミが、チュンリーが、コリスとの生活が楽しくて、こんな暮らしがずっと続けば良いと思っていた。そして、自分さえ良ければ、パンダが島にいると、わかものの脅威が迫ってくると思うと不安で、あまりにも怖くて。更にはパンダのあんな態度にも腹が立ってしまい……。

――ススムに、追放、してもらえば……なんて。

なんて浅ましい。恥ずかしいことを考え、更にそれを言葉として放ってしまったのだろうか。

こんな気持ちが自分の中にあったなんて。これじゃあ、皆のところに、帰れない。パンダにもあわせる顔がない。自分のことだけを考えてあんな言葉を……。

ブタサブロウが育った施設では、わかものの姿を見ることは少なかった。

ブタサブロウはとにかく石を拾ってくるのが仕事だった。朝から晩まで、石を探して拾い集める。他にも同じ施設で数人のあにまるの子供が同じく、石を探し回っていた。その石がどうなるのかをブタサブロウは知らなかった。大きな石が良いのか、丸くて滑らかな石がいいのか、それすら分からずに、ただ毎日石を拾い続けたのだ。

たまにわかものがやってきて、ブタサブロウ達が拾った石の選別をする日があった。

その結果を施設長の大人のあにまるが告げる時のことである。

「今回はサルヒコの石が良かったそうだ。しばらく、サルヒコのご飯を大盛にしてやろう」

それが自分だった時は、嬉しかった。同時に自分でない時は悔しかった。そして、悔しい自分が情けなかった。同じ境遇で生きている、いわば家族のような存在と競争して、嫉妬して、羨望して過ごす生活が。

だけど、今の生活は違う。ネコミの木登りが上達したら、自分のことのように嬉しい。コリスが工作を失敗して落ち込んでいたらブタサブロウも気持ちが沈む。

そんな風に感じられるようになった自分が誇らしかった。なのに。

——だけど、だけど、俺の本音は、心の根っこは、あの時と何も変わってはいなかったブタ。

自分が楽しければそれでいい。その生活を阻むものがいたら、同じあにまるだとしても、排除したいと考えてしまう。

「……俺は、最低ブタ」

しばらく木の上で腕に顔を埋めて座り込んでいると、バサバサと羽音が聞こえてきた。

「ブタサブロウ。こんな所にいたんですかスズメ。木登りなんて、珍しいでスズメ」

木の枝にチュンリーが舞い降りてくる。

「こないでくれブタ、チュンリー。俺は自分のことしか考えられない、リコ的でゴウマンな、ブタ野郎なんだブタ」

「そこまで自虐的にならなくてもスズメ。そんな、難しい言葉まで使って……」

行き慣れない木の上に登り、使い慣れない言葉を口にするブタサブロウを見て、彼が相当な自己嫌悪に陥っていることを悟ったチュンリーは、優しく語りかける。

「ブタサブロウ。大丈夫でスズメ。パンダの話を聞いて、本当は私だって同じことが頭をよぎりましたスズメ。だからブタサブロウのこと、責められないでスズメ」

「チュンリー……」

「私だって、パンダがわかものを連れてきたって事実を知ったら、凄く嫌な気持ちになりましたでスズメ。折角のキバヤシとの甘くて素敵で最高な生活が脅かされると思ったら気が気じゃなくなりましたスズメ。でも、あの場では誰も言えなかったと思いますズメ。ブタサブロウ以外」

チュンリーはブタサブロウ一人に本音を言わせてしまった申し訳なさでいっぱいだった。

「おじさん達は絶対にパンダを追放なんて、頭から考えていないことは分かるじゃないですかスズメ。私達も最終的にはそれでいいと思いますズメけど、それでもブタサブロウがああ言ってくれて、私はちょっとスッとしました」

そう言って、クスリと笑ってブタサブロウを見る。

「チュンリー……」

彼女の言っていることは本音だった。ネコミはどうか分からないが、コリスもきっと同じ考えが頭をよぎったに違いない。

「いや、俺もお前の気持ちはよく分かるぜ」

「うわああ！！！」

「ちゅん！！！」

突然枝の下から葉っぱのガサガサ揺れる音と、新たな声が聞こえてきてブタサブロウとチュンリーは悲鳴をあげた。秋良がブタサブロウとチュンリーの座っている下の枝にぶら下がっているではないか。

見ると、手や足を擦りむいている。ブタサブロウと同じように、ただがむしゃらに登ってきたのだ。秋良が木登りが苦手なことを、ブタサブロウは知っていた。

「お前の気持ち、俺には分かるぜ。まあ聞けよブタ野郎。俺には出来の良い妹がいてな。滅茶苦茶可愛くて春香っていうんだがよ……」

「……いや、まだアキラぶら下がったまんまだけどブタ。もっと良い体勢で話した方が良いと思うブタけど」

「そうですスズメ。今からする話がどれだけの長さか知りませんけど、途中で腕が疲れて落ちたら大変でスズメ。それに、聞くこちらもその格好じゃ集中出来ませんスズメ」

「いちいちうるせえなお前らは」

ブタサブロウとチュンリーの気遣いに悪態をつきながらも、秋良は枝を登るときちんと座り直した。

「俺は結構学校でもやんちゃしていてよ。授業をサボったり、逆に朝の5時とかに学校に行ったり、休み時間に校舎を自転車で走ったりしてさー」

「よく分からないけど、アキラがとんでもなくどうしようもないヤツだったってことだけは分かるブタ……」

「俺が三年生の時に春香は一年生で。それで俺に言うんだよ。お兄ちゃんが学校にいると恥ずかしい。もう、学校に来ないでほしい、ってな」

それを言われたことを思い出したのか、寂しい視線で秋良は語る。

「今気が付いたぜ。ああ、あの時春香は、今のブタサブロウと同じ気持ちだったのかもしれねえ、ってな」

「それで、アキラはどうしたブタ？」

「泣いた。滅茶苦茶泣いた」

それは、想像がついた。秋良は金髪の癖に滅法涙もろいのだ。それは昔から変わっていないのだろう。

「俺は一体何をやっているんだろうって。身内にどれだけ恥ずかしい思いをさせているんだって思ったら、泣けてきてさ。だけどさ、不思議なことに、春香も泣いてんだよ。俺は言われて泣いてるけど、言った春香の方がもっともっと泣いていてさ。ほら、春香ってぶっきらぼうで口は悪いけど根は滅茶苦茶優しいじゃんかよ」

「いや、今初めてハルカの話を聞いたけど。まあ、アキラの妹だから、なんとなくそれは分かるブタ」

「それで俺は初めて気が付いたんだわ。言った方も、苦しい時があるんだって」

そして秋良はブタサブロウを見た。酷いことを言ってしまったブタサブロウは自分を責めている。それを心配していたのだ。

「アキラ……ありがとうブタ。俺は大丈夫だブタ。仲間がいるから、俺がいけないことをしたら叱ってくれる。落ち込んだら励ましてくれるブタ。だけど、やっぱり、パンダの方が一匹きりなんだブタ」

そう、噛みしめるように言う。

「パンダにはまだ仲間がいないブタ」

「ブタ野郎……」

「ハルカに言われたアキラみたいに、パンダは今、傷ついているかもブタ……」

自己嫌悪と反省を終え、既にブタサブロウはパンダのことを思いやっていた。

「パンダにひどいことを言ってしまったブタ。だけど、俺はこの島の生活を守りたいブタ。だからって、パンダがひどい目にあってほしいなんて、思わないブタ。パンダもこの島で、またはよその島で、楽しくやっていけるかもしれない。誰かの不幸と比べて自分の幸せが分かっても、意味がないブタ」

――誰かを犠牲にして、自分が笑顔になっても、意味がありませんから。

それは、秋良が進と初めて会った時に言われた言葉だった。

この時、この島の子供達には、しっかりとおじさん達の想いが伝わっていることを、秋良は知った。

「ったく、お人よしなヤツだな。あれだけ好き放題言われたんだからもうちょっと子供らしくごねても良いのによ。追いかけてきて損したぜ」

　そうブックサと文句を言いながら、秋良はやれやれと一旦木の下に降りる。その行動にブタサブロウもチュンリーもツッコまなかったのは、秋良が号泣するために降りたことが分かっているからだ。

――うおおお。なんて成長してんだよ。コイツは。コイツらは。自分のためじゃなく、他人のためを思いやる、最高の子供に成長しやがって……。最高だぜ！！　うおおおおおお!!

　予想通り下で号泣している秋良の様子を見て、ブタサブロウとチュンリーは顔を見合わせて小さく笑った。おじさん達のことは、なんでもお見通しなのだ。

　しばらくして、目を真っ赤に腫（は）らした秋良が何事もなかったように再び上に登ってきて口を開く。

「まあ、ブタ野郎の気持ちも分からんでもない。わかものがうろちょろしていたって聞いたら不安だしな。だがあれだ。実際のところ、今回、わかものに関してこんなに不安にさせちまったのは、パンダ小僧の所為（せい）でもなんでもない」

「そう、全ては俺達おじさんの所為なんだわ!!」

「え?」

「は?」

「ちゅん?」

何故か胸を張って堂々と言い放つ秋良に、ブタサブロウもチュンリーも目を丸くする。

「だってそうだろう。もっともっと俺達がしっかりしていたら誰も不安を覚えずに、何があったってドンと信頼してくれるに違いないんだよな。それがやっぱり俺達が不甲斐ないからわかものごときの影を感じたくらいで怖くなっちまう。ああそうだ! そういうことだわ。いやはや、これはマジ悪かった。不安にさせちまったな!」

それから秋良は「俺も強くなるために山太郎の棟梁から剣道を習うことにするわ!」などと言いながらうんうんと頷き始めた。

「え、と……ブタ」

「さっきまではアキラの話はよく意味が分かっていましたスズメが、今回の件が、なんで、おじさん達の所為になるのか、突然分からなくなったでスズメ……」

呆然と秋良を見つめながら、まだまだ自分達はおじさんのことを理解していないと、反省する二人(一匹と一羽)なのであった。

秋良に呼応するおじさん達がいた。

「まあ、ブタサブロウを不安にさせてしまったのは、ワシの所為じゃな。ワシが頑丈な家を作ってこれなかったから、一度嵐で吹き飛んでしまった。あの経験が子供達の心の傷になってしまい、不安を増長させてしまったのじゃ」

「あ、いや、別にそんなことはないと思うネコ」

「そうリス。おじいちゃんはあの時点で最善の家を作っていたと思うリス」

「いやいや、拙者の所為でござるな。拙者のオタ芸でもっと皆さんを楽しませることが出来ましたら、今回のような時でも笑って乗り越えることが出来たはずですのに」

口惜しそうに砂浜に膝をつき、右手で砂を握りしめる木林に、コリスが呆れた表情でツッコミを入れる。

「いや、それはもう本格的に違うと思うリスけど。オタ芸が楽しくないからって理由、訳が分からないリス」

ただ、こうなった時のおじさん達の、誰もが耳が聞こえなくなることを、コリスは理解していた。

「よし！　最強の家を作るしかないのう。子供を不安にさせるのは、全て大人の責任じや。嵐で吹き飛ぶような家を建ててしまったからブタサブロウを不安にさせてしまったんじゃ。ワシが立派な家を建ててやる。そして、どれだけわかものがやってこようが、追い払ってやるからの!!」

そして、山太郎は竹刀を振るい始め、木林はサイリウムを回し始めた。

呆然と見つめるネコミとコリスが、どうしたものかと途方にくれているところに秋良とチュンリーがブタサブロウを連れて帰ってきた。

「……どうしたんだ？　なんだかおじさんが滅茶苦茶盛り上がっているんだけどブタ」

助けを求めるようにネコミがブタサブロウのTシャツを掴む。

「なんで、自分たちの責任になってしまうネコ？」

ネコミの言葉と状況を見て、何が起きたかを理解したチュンリーがクスリと笑い、こう答える。

「きっと、それが、おじさんなんでスズメ」

19 もっとパンダを住民に勧誘しよう!!

パンダ族は、元々あにまるワールドの王様だった。

だが「外の世界」。いや、厳密には「中の世界」からやってきた人間の侵入を許し、支配権を奪われることとなった。

そして、そこにはパンダ族の罪も起因している。パンダ族にだけ使えるギフト『白黒の世界』こそが、人間をあにまるワールドに招く原因であったからだ。また、最後の抵抗で人間を35歳から世界に干渉出来なくするという呪い(プログラム)を成功させたが、結局そのことでわかものは短い時間を無駄にすることを怖れ、あにまるを徹底的に労働力として使役することを覚え、皮肉なことにあにまるへの支配の歴史が始まった。

パンダ族の能力は危険視され、一族全ては陰宮(いんぐう)と呼ばれる豪華な牢獄(ろうごく)に隔離され、わかものの監視下におかれるようになったということである。

「世界の都合」上、わかものがあにまるを殺害すること等は出来ないようになっているため、殺戮(さつりく)などは起きていないものの、支配に関しては厳しいペナルティがないことに気が付いたわかものはそれを利用して今の時代を築き上げているというわけである。

パンダ族はそれを他のあにまるには知られてはならない、功罪としている。つまり弱味を見せてはならなく、だから王様のように振る舞わなくてはならないのだ。

それだけ歴史的にも重要な位置にいるパンダ族である。権力争いに巻き込まれてしまうのは世の常というものだろう。

今回も武闘派の獅子族が画策してパンダを一頭秘密裏に陰宮から逃がす計画を立てた。メインランドに一頭のパンダを護送するという指示をでっちあげたのだ。そこに元わかものである隠居が関わっているかはまだ分からない、といったところだ。

そして、奇しくも漂流してしまったこの「おじさん島」は、パンダが元々目指していた無人島とは異なる島のようである。

ブタサブロウの言ったことに間違いはない。自分がいると、この島の迷惑になる。

幸福なことにこの島のあにまるはわかものの支配から解放されて、幸せな生活を送っている。

自分がやってきてしまったことにより、この島の平和に水を差すわけにはいかないのだ。

「こんなところにいたんですね。パンダさん」

一人のおじさんの声が聞こえた。振り向かなくても誰かは分かるし、きっと来るなら彼だろうとパンダはそもそも予測して行動していた。ここなら人も少ない。

そもそも、パンダは漂流してきた際、足首を痛めていた。そう長く歩くことは出来ないのだ。

このススムというおじさんはどうやら人が好いらしいので、皆が見ている前で追放などは出来ないだろう。

ここで黙ってパンダを追放させて、出ていったことにすればよいのだ。それがこの島にとって、この島の住民にとって、そして、パンダにとっても、最善なのだ。そうに違いない。パンダに生まれ落ちてきた瞬間に理解している、覚悟している。平々凡々と日常を送ることなど、パンダに相応しくない。陰謀と裏切りと策略と謀略が渦巻くわかもの達の中へと沈み、中枢のメインバンクにまで侵入して、奴らもろとも世界を失墜させることこそ、パンダの使命である。それが個にして複にしてあにまるワールドの中枢であるパンダなのだ。

そんな世界に、この平和な島を巻き込むわけにはいかない。

「どうしたニンゲン。さあ、ポテチとやらをよこせ」

「それが、もうないんですよね」

「ふん。出来たら持ってくるがよいパンダ」

「パンダさんも一緒にジャガイモの世話をしましょうか。島民になってくだされば、皆さんも納得されますよ」

「そんなものは必要ないパンダ。納得なんてものは必要ない。我はそんなことはせんぞ。

我はここにいても何もしないパンダ。労働など、パンダに一番縁遠い言葉パンダ」

傍若無(ぼうじゃくぶ)パンダに振る舞う。それもこれも全て、進から追放してもらうためだ。

「それにだパンダ。さっきも言ったが、我を追ってやってくるわかものがいるパンダ」

「そうですね。まあ、一度追い払いましたけど、またやってくるかもしれませんね」

「パパン⁉」

進の言葉に思わず驚いてしまった。追い払った？　そんな話は初めて聞いた。そういえば、わかものがパンダを追ってやってきたとは聞いたが、どう対処したかについては失念していた。あにまるの子供達を脅(おびや)かすことに頭がいっていたのだ。

進の、まるで小さな虫を払ったかのように口にする「追い払った」という言葉に、パンダが逆に完全に驚かされてしまったのだった。

「そ、そうかパンダ。それは、さぞ弱っちいわかものだったんだろうなパンダ」

「どうですかね。ですが、わかものさんもパンダさんのことを追ってここへやってきたみたいですから。やはり特別みたいです」

「その通りパンダ。あの豚族の小僧の言うことは正しいパンダ。だから、はやく我をこの島から追放しろパンダ」

とはいっても、進もパンダの術中にはまっているようである。不安に駆られるのは当然だ。彼は島リーダー。島と島民の安全を守る責任がある。島民の安全と引き換えにパンダを移住させるメリットなどないのだ。

労働も何もせず、ご飯は食べる。そこにいるだけでかなりリスクが高い存在。

——追放しろ。異端を受け入れても良いことはないぞ。

パンダは進の次の言葉を待ったが、思いもしない方向の話が始まった。

「全ての行動、言動には理由がある」

「パ？」

「これ、私の総務の師匠の言葉です」

「師匠？」

「総務としてのいろはを一から教わりました。私はコピー機会社の総務部にいたんですが、総務というのは総合職でして、製品を開発したり売ったりではなく、そんな方々の手伝い、サポートをする場所なんです。あ、他に冠婚葬祭やイベントの企画に司会もやったりしますけどね」

「その、ソウムに関してあまり詳しく説明しなくても、元々興味がないから。あんまりペラペラと説明するなパンダ」

「社会に出ると色々な方がいます。ある企画開発部に一人の男性がいました。その人物は今まで自分が生きてきた経験から人のためになるように様々な企画や商品を考えていました。ですが、彼の企画は通りません。一生懸命会社のために試行錯誤してるのですが、何か、足らないのです。これだけ人の笑顔のことを、幸せのことを考えているのに、努力もしているのに、向いていないのか。そんな残酷なことがあるのだろうか。彼は悩み、苦しんでいました。そして、彼が仕事を辞めようと思っていたその矢先、突然総務部に異動させられました。彼は初め、総務の仕事の意味もよく分かりませんでした。やはり自分には何かを企画して生み出すようなことは向いていなく、会社で事務仕事をやっていればいいのか、とぼんやり思っていたのです。それが……私の総務としての始まりでした」

そう言って笑う進の顔には、何故かハッとさせられる寂しさがこもっていた。

「なんだニンゲン。それはお前の話だったかパンダ」

「そうです。あはは、お恥ずかしい」

自分のことについて話す進。人を知るにはまず自分を知ってもらわなくてはならない。

「初めは総務なんて事務方のバックオフィスだろうと甘く考えていました。そこでその時に井森課長と出会いまして、イチから鍛え直してもらったのです」

「そのカチョウっていうのが、さっきの言葉を言ったっていうのかパンダ」

パンダの問いに進は頷く。

「そうです。全ての物事には理由がある、と井森課長はおっしゃいました。今はもう部長ですけどね。課長もゲームが好きで、オンラインをやったりもしましたね」

「何が言いたいかよく分からないけど、もうお前の過去の話はいいパンダ。とにかく我はもうこの島にいたくない、ただそれだけパンダ」

「私が総務部に入ってから、こういう出来事がありました。井森課長に鍛えてもらってから数年、私もいっぱしの総務ソルジャーとして、社員の特徴や人となりが分かるようになっていました。あの人はもうすぐ結婚するかもしれない。あの方は引っ越すかもしれない。色々と調べつくすことにして、その人自身になったような気持ちで仕事を出来るようになったのです」

「よく分からないけど、気持ち悪いパンダ。ていうか、お前のその話はもういいって」

個人情報を調べつくすという進に、至極まっとうな意見を述べるパンダ。

「そんな時、総務部へ一人の社員が異動となってきました。本田康平さんという方です。年齢は私より少し下で、当時32歳でした。彼は周りに不平不満をすぐ述べるような人でして、他の部署でも煙たがられて、総務にやってきたのです。私はきっと何か彼がそんな態度をとることに意味があるのだろうと、彼の周辺を調査し始めたのです」

「………おい」

「彼は転職してうちの会社に入社したそうで、以前の部署の話を聞いた後、前の職場の方にも会いにいき、じっくりと話をしました。彼の前の職場は食品加工会社。なんと、彼は前の職場でもやはり何をやるにも文句ばかり、誰にもお礼の言葉は述べずに口から洩らすのは愚痴だけの人物だったのです。当然、彼はそれが原因でその会社を首になり、うちの会社へと再就職してきていたのです」

「……おい」

「それだけの人の悪さ、口の悪さです。やはりそれには何か理由があるのだと思い、更に私は彼の母校を訪れて担任の先生や、幼少の頃からのお知り合いにも会い、彼がそうなった要因を探ろうとしました。すると彼は高校、中学、小学校や幼稚園の時からお友達に意地悪をしたり、嫌なことを言う子だったのです。高校の時のサッカー部では試合中に相手の選手と審判と味方チームの選手と観客と見知らぬ通行人に暴言を吐いて、退部となっています」

「…………」

「すでにそれだけの調査で一ヶ月が過ぎようとしていました。私もその時の上司から『ドラマじゃないんだから、一人の社員の調査にそんな時間をかけるもんじゃない』と言われましたが、基本的には勤務外で行っていたことなので、お咎めはありませんでした。最後に私は彼の両親の元を訪れました。福岡県に住んでいるとのことで、休みの日に新幹線に乗って、お土産を持って事前に連絡をして行ったのですが、行った先では散々文句を言われ、持参した東京土産にも、やれ東京ものは土産といったらぴよこを持ってくるばってん、ぴよこはくさ、元々福岡の銘菓なのも知らんとかこのばかちんが、それにぴよこだけ持ってきたって、お茶がなくては困るやろうが等々、通算13個ほど罵詈雑言を投げつけられ、その後ぞんざいな態度でお茶を振る舞われ、とても美味(おい)しい夕飯をいただいて帰りました」

「…………」

「私の調査結果はこうです。口の悪い両親に育てられたため、彼も口が悪くなっただけだったのです」

「…………」

「理由はそういうものでした。……一体私の一ヶ月間の調査は何だったのでしょうか？」

「…………」

話を終えてニコニコと立っている進。それから五分ほどパンダも黙りこくり。ようやく声を放った。

「…………知るかパンダああ！！！！！！！！！！！！！！！！！！！！！！！！！！！！！」

大声でツッコんでしまっていた。

「おや？　お気に召しませんでしたか？」

「いや、　お気に召すとかではなくパンダ。な…………な、…………なんだその話は！！！！？？？？　な、なんだ？　まず長い。とにかく長い。まず導入としてお主(ぬし)自身の話も入ったから、つい『お、こいつの身の上話が始まるのかな？』と思ったパンダ。ソウムに興味なかったお主がいつからか、周りに興味を持っていって、みたいな話があるのかと思っていたからまあ、ちょっと聞いてみようかと思ったパンダ。だけど、全然関係ない、ただの口が悪いだけの男の話になって、結果、元々両親の口が悪かっただけでした、で終わった。訳が分からないパンダ！」

「あはは。すいません。私、テーマを絞って話すのが苦手で……」

「下手くそすぎるパンダ。下手にもほどがある。それって、元々口が悪かっただけの話じゃないかパンダ！　お主は何事にも理由があるって話を始めたではないか。それが、理由もなく、とにかく口が悪いヤツだったなんて、全然違うじゃないかパンダ。それじゃあ我もそういうことで良いってことになるパンダ。我がこんな性格なのは、生まれついてのものので、理由なんてないってことパンダ」

「あわ。そうなりますか。あれ？　いや、初めはそういうつもりで話していたんじゃなくてですね。えーと、何事にも理由があって。これに関しては親の教育からなるべくして生まれたモンスターだったということですね」

「だから、我もそういうことになるってことパンダ。我だって、元々こういう性格だパンダ」

何も変わらない。元々性格が悪いのが自分自身だと、パンダは主張する。

「あはは。そんなことを言って、意地悪言ったり虚勢を張ったりするのには、理由があるじゃないですかパンダさんには」

「いや、だからなにを言っているパンダ。そんなものは…………ん？」

「勿論、あにまるの王様だから態度や振る舞いは乱暴ですが、わざわざ自分の所為でわかものさんがやってきたことを告げ、波風を立てて、最終的には自らこの島を追放されようと仕向けているじゃないですか」

「…………⁉　パ、パ……？」

笑顔で一刀両断である。先ほどまでの意味なく冗長で脈略もないグダグダしたお喋りは何だったのだろうか。進に一瞬で、全てを言い当てられたパンダは、完全に固まってしまう。

「な、な、なにを、言って……？」

「だから、パンダさんは自分で自分を追放させるように仕向けなくてもいいんですよ、ということを言っているんですよ」

「………パ。………パ？」

パンダは驚いて進の顔を凝視することしか出来ない。当の本人はニコニコと、変わらない笑顔で穏やかに立っている。

「な……なにをパンダ言ってパンダいるんだパンダ。わ、訳が分からなパンダいパンダ」

「なるほど。図星だとパンダが増えるんですね。ふむふむ、メモメモ」

「パンダパンダパンダ⁉」

完全に手のひらの上で踊らされてしまっている。進は余裕の表情でメモを取り出す。

何故こちらの考えていることが分かった。

「こっちには秋良さんというとても素直じゃない大人を抱えているのですから、隠そうとしたって無駄です。大人は、いや、おじさんは子供が何を考えているのか、お見通しなものなんですよ」

「我を子ども扱いするな！！！　パンダこの野郎。わ、訳の分からないことを言うんじゃないパンダ」

「ああ、先ほどの話には続きがあります。彼はとても口は悪かったのですが、実際に彼は『悪気』はなかったんです。まあ、悪気がないからって何をしてもいいという話ではありませんけどね。口は悪いのですが、仕事は出来ますし、誰かの結婚やお祝い事には文句を言いながらも、必ず個人的なお祝いを贈ったりされている方なのでした。なので、前の職場でもお客さんに暴言を吐いてしまったのでクビにせざるを得なかったのですが、実は裏では彼は人気者でした。私はその後彼を商品開発部に異動させてもらいました。三つ子の魂百までといって、口が悪い人はそうそう治りません。嫌なことを言う人ではありましたが、嫌な人ではなかったので、すぐに商品開発部でも人気者となりました。それからは様々な部署から、社長までもがやってきて彼の辛辣な言葉や的確な指摘を浴びるのが気持ち良いと評判になったのです」

「それが、パンダと同じという意味なのか？　口だけが悪くて、本当は良い奴だとお前は言いたいのか？」

その問いにも、進はニコニコと首を横に振る。

「いいえ、全然違います。はい、全然」

「パッッッ⁉　また違う‼　だから全然違う話を、何であんなに長く聞かされなくてはならなかったんだパンダ」

「パンダさんは生まれつき口が悪い、というのもあるのかもしれません。ですが、彼は自身の感情を何も隠さなかった結果、周りに誤解されてしまっていたのです。どちらかというと秋良さんに近いかもです。ですがパンダさんは逆です。ご自身の気持ちを隠されてわざとそのように振る舞っています」

「パパ⁉」

「わかものさんと対峙（たいじ）した時に言っていた言葉があります。パンダさんを捕らえるとかなり報酬がもらえる等と言っていました。ご自身でおっしゃる通り、パンダさんは特別な方みたいです。このあにまるワールドであにまるさん達からも知られていなかった存在。そして、過去、このあにまるワールドを統（す）べる種族だったという情報」

「パパン！」

「それらを考えるなら、パンダさんがこのおじさん島にいると、我々、そしてあにまるの子供達に危害が及ぶ可能性がある」

「パッパッパッパッパッパ！！！　何を憶測を」

進の発言を一蹴するためにパンダは高笑いをする。全てが図星だったが、進を罵倒する必要があった。

「おや、図星でしたか？」

「図星なことあるかパンダ。本当に、おじさんという種族は、勝手にこっちに呼び出されても文句一つ言わずに生活するだけあって、おめでたい種族パンダ。頭にお花畑でも出来ているのかパンダ？」

「ですが、パンダさんはブタサブロウさんに不安を煽るようにあんな挑発的なことを言いましたよね？」

その通りだった。

「更には島リーダーの私と二人きりになるために森へと歩いていった。言動、行動に、全て意味がありますよね？」

「…………」

パンダは何も言えなかった。まったくもって、その通りだったからである。

その通りなのだが、それを言い当てたところで、何も解決はしていない。言い当てたところで、問題は確実にそこに存在するのだ。

「だけど、何も解決してないぞパンダ。た、たとえ我がそう思っていたと、仮に、仮に思っていたとしてもだパンダ。仮に……そう思っていたとしてもパンダ！！　わかものが我を狙ってやってくる、という可能性は何も揺るぎはしないではないかパンダ」

そう、パンダがいる限りおじさん島に平穏はないのだ。たとえパンダが本当はこの島にいたいと思っていたとしても、その危険性とこの島の子供達の安全を天秤にかける行為を、保護者であり守護者である彼らは、してはいけない。

だが、その意見に関しても進は何の気なしに、普通に言ってのける。

「大丈夫ですよ。うちの島は。私の仲間のおじさん達は、秋良さん、山太郎さん、木林さん、全員が最高に頼りになるおじさんなんですから」

「………」

「子供は宝です。それは人間だろうがあにまるだろうが関係ありません。私達おじさんは、生まれてからずっとそのように学び、育ってきましたから」

「………」

そもそも、彼の中には天秤など存在しないのだ。自身の手の中に収まるものを、命がけで守る、信念しか、そこにはなかった。

信じられるか。

この世界は白か黒かだ。裏切られるな。利用されるな。それだけパンダという存在は特別なのだ。この世界を白にでも、黒にでも、書き換えることが出来る、二進法の魔法を使う、特別な種族。

だが、それでも、目の前の男は嘘をついていない。それだけは信じられて、しまうのだ。

パンダは、こんなあにまるにも、わかものとも、出会ったことがなかった。

……ああ、この男とだったら。この島だったら……我も――


「うおおおおおおお!!　あぶねえええええええパンダあああああ!!」


その、甘くて優しい感情を一瞬で振り払う。

もう一瞬、遅ければ、あやうくこの島の住民になってしまうところだった。

パンダは住民にならないように我慢する。だが、住民にならないぞ！　と念じれば念じるほどパンダは住民を意識してしまい、住民になってしまいそうになる。夢の中で夢と気が付いてしまった、あの世界が崩壊する感覚に似ていた。


なんとか思いとどまったパンダを見て、進は悔しそうに指を鳴らして笑った。

「ちぇ。惜しかったですね。もう少しで住民確定でしたのに」

「………なんなんだお主は」

なにもかもを見透かし、見守る存在。こんなものに、パンダは今まで出会ったことはなかった。進はパンダの質問に笑って答える。

「決まってます。これがおじさんですから」

「…………くそ、雨が降ってきたパンダ」

観念したようにパンダは地面に座り込む。目から零れ落ちるものに忌々しさを感じて、晴れ渡った空を睨むのだった。

「パンダさん、足を怪我されているでしょう？　それなのにこんな遠くまで歩いて。無理してはいけません」

「……なにもかも、お見通しかパンダ」

虚勢を張るのも馬鹿らしくなり、パンダは息を吐いた。

「分かった……。とりあえず、仮で、ここに住んでやるパンダ」

「おお！　居候システムですね!!」

それは実際の『あつまれ！　あにまるの森』で可能だったものであり、進は興奮してしまう。

「何を突然興奮し始めているんだパンダ。……訳が分からないパンダ」

「ああ。すいませんでした。ゲームっぽくなると、つい」

ここにパンダのとりあえずの仮住まいが決定したのだった。そもそも、足の怪我が治るまでは長距離の移動も厳しい。

その時、森の入り口の方から、皆の声が聞こえてきた。

「おーい、ススム。どこにいるネコ！」

「パンダ、ひどいことを言って悪かったブタ！　この島で一緒に暮らす方法を考えるブタ」

「パンダ小僧！　全て俺がふがいないせいだ！」

「いや、ワシが頑丈な家を作れなかったからじゃ！」

「拙者（せっしゃ）はゲームを作ろうと思いますぞ！」

最後の方の、おじさんの言っていることが意味不明ではあったが、それでも彼らがパンダを受け入れようとしているのは、分かった。

「…………島の名前を『クソお人よし島』に変えた方がいいんじゃないかパンダ？」

「その意味も含めての『おじさん島』なんですよ。さあ、肩を貸しましょう」

「ふん。下僕なら当然パンダ……」

素直に肩を差し出し、進とパンダは、皆の声のする方へと向かい、歩きだした。

20　新しい家、安心の家を建てよう!!　～暴走ジジイ編～

さて、連日の、ビールを飲みながらのおじさん会議であるが、今回の議案は「子供達の不安をどうやったら取り除けるか」である。

パンダが漂着したこと、この無人島生活の周辺にわかものの存在が見え隠れし始めたことにより、子供達に不安が募っているのは明らかである。勿論、パンダを放ってもおけない。

「進さんの話を聞くまでもなく、パンダ小僧が強がっているのは俺も理解出来た。このままあいつを一人にはしないからな」

秋良の宣言に対して、他のおじさん達も力強く頷く。

「それと並行して、他の子供達の不安も解消してやらなきゃならねえ。やっぱりわかものがやってきたっていうのが、一番の不安材料なんだろうな」

パンダも敢えてその部分でブタサブロウを刺激したのだが、あにまるの子供達にとってわかものというのはそれほどの影響を与えるものなのだ。この生活が終わってしまうのではないかという不安が脳裏をかすめてしまい、どうしようもなくなってしまうのだろう。

「今までが辛(つら)い生活だったわけですからね」

なんとかして子供達を安心させたい。そのためにはどうすればいいのだろうか。まずは島リーダーの進が口を開く。

「まあ、私に出来ることと言いましたら、料理ですかね。もっともっと美味(おい)しい料理なんかを作って、子供達を喜ばせたいです」

「なんとも進君らしいというか、本当に平和じゃな」

考えていることはきっとそれだけではないのだろうと思いながら、山太郎は頷いた。次に秋良が大きく手を上げて発言する。

「冒険だよ！　俺はブタサブロウとこの島のヌシを釣る！　島の生活を守るためには子供達にしっかりとロマンを教えてあげないと駄目なんだよ!!」

「うんうん！　秋良さんの意見もかなり大事ですね。わかものさんに脅え隠れる生活を送っても意味がないですから。島生活をより楽しく、冒険に溢(あふ)れたものにする、というのも絶対に必要な要素だと思います」

秋良は進のリアクションに満足して頷く。彼は本当に子供達と楽しい時間を過ごしたいと思っているのだ。

「木林さんはどうですか？」

そう進が尋ねると、木林は腕を組んで、うーんと唸(うな)り声をあげた後に答えた。

「うーん。そうですな。拙者に何が出来るのか、考えなくてはなりませんぞ！　ただ、ちょっとゲームがしたいかな、と思ってまして。ゲーム機なんかがあれば、一緒に出来るとは思うのですが。いや、こんなの意見として出す方がおかしいとは思うでござるが」

スタンプ交換のリクエストでもゲームを要求している木林だ。進はなんとも木林らしいと思ったが、呆れ気味に秋良がツッコミを入れる。

「なんだよ木林さん。ゲームの世界に連れてこられたのに、更にその中でゲームかよ」

「あはは。すまないでござる。だけど、何といいますかの。かなり興味が惹かれるのでござる」

秋良はまだ笑っていたが、馬鹿にした雰囲気ではなかった。意外とこういった木林の勘の中にこそ答えが隠されていることが、島生活に多いからである。

「だけどさ、本当のところ、進さんはどうなんだ？　そりゃあ料理だって大事だけどさ、島リーダーとしてはもっと何か考えてんだろう？」

「そうですね。島リーダーとして、でしたら、私の場合はやはりテーマは以前と変わらないといいますか。『居場所』と『意義』ですかね。ちょっと、大雑把なテーマになってしまうのですが。一応具体的なプランもあります。まだちょっと綺麗にまとめられてないのでもう少し待ってもらえれば。でも、秋良さんと木林さんがおっしゃったことも間違いなくこの島のコンセプトに則っていますから、それも尊重いたしますので」

「ああ、焦らせるつもりはないから、また教えてくれよ。でもそうか。そうだよな。やっぱりあいつらに居場所を与えてあげるってのが、一番大事だよな」

「ええ、なので秋良さん達にはこれからまたちょっと違う感じでサポートしてもらわないといけないかもしれませんね」

そこで、しばらく黙っていた山太郎が口を開く。その顔はいつになく真剣である。

「……『居場所』。確かにもっともじゃ。ワシもそれには大賛成じゃ」

そして、ワシにとっては、更に具体的な意味での「居場所」じゃが……と続ける。

「ワシはやはり、もっと頑丈で屈強な家を建てたい」

そのことに関して山太郎がここしばらく思い悩んでいたことを他のおじさんも理解している。

「進君の言った通り『居場所』というものがあの子達にはとても重要で、それは要は寝床のことであり、家のことなんじゃが。それをこの前の嵐で奪ってしまったのじゃ」

以前、作った家が嵐で吹き飛ばされてから、山太郎は新しい家の建築に力を入れてきた。

今は地面に木材を埋めて、基礎を作ろうとしているが、それに関してどこか悩んでいることに進も気が付いていた。

「ワシに出来ることといえばこれしかないわけでの。というか、そもそもあの子達を不安にさせたのはワシの責任じゃ。ワシがもっと頑丈な家を作っておけば、あんなことになることもなかった」

「山太郎さん、それは違いま……」

「違うのは分かっているが、これは命に関わることじゃ。例えば進君が調理したものの鮮度や調理法で皆が体調を崩してしまったら、無論ワシらはそれを責めたてることはしないが、それでも進君は後悔するじゃろう？　それと同じことじゃ。栓のないことをぐじぐじとぬかす老いぼれかと思うじゃろうが、それでもやはりあの子達が不安だと知ると、それを考えてしまうのじゃ」

それには進もかける言葉がない。これはたとえ島民といえども、おじさん一人一人が普段から抱いている不安であり、当然のように抱えている責任であった。また、進にとってみれば、子供達だけで森に食料調達に行った際に起こる事故も島リーダーである彼の責任であり、彼らに万一のことがあったらと考えると、胸が張り裂ける思いである。

真剣な表情の山太郎を見て、わざとヘラヘラ笑って話しかけるのは秋良であった。

「ったく、言いたいことは分かるけどよ。で、それでもっと頑丈な家を作るには、どうしたらいいんだよ？　とにかく最高に屈強で頑強なヤツが出来たら文句ないんだけどさ。うちのブタ野郎も藁(わら)の家じゃオオカミの息で吹き飛ばされちまうからな」

いたってシンプルな話だと秋良は話を続ける。

「要はどんな嵐だろうとびくともしない家を作りたいってんだろう？　俺達も協力するからよ。どうしたいか、どうすればいいか相談してくれよ」

秋良を見上げながら、山太郎はもう一息で涙を流してしまうところだった。普段は口が悪いが、実際の心根が一番優しい者であることは知っていた。だが、こうも寄り添って話を聞いてくれるとは。

秋良の言葉に背中を押され、山太郎は正直な気持ちを打ち明ける。

「……まずはコンクリートがいるかのう。この世界でもコンクリートの建物は存在するらしい。それは、人間がこの世界にやってきてわかものとして君臨していることで想像がついたが。だが、その技術や材料をおじさん島に持ってくることは困難じゃ。かといってイチから作るとしても大変じゃ。じゃが、頑丈な家となると、それぐらいの基礎がないとやはり不安なのじゃ」

あにまるの子供達が安全に暮らせる家にしなくては、ならない。痛いほど気持ちは分かるため、秋良は顎に手をやりながら、それらを実現する道筋を目算する。

「ううむ。山太郎の棟梁が言っていることは分かるけど、ええと、それには何が必要になってくるんだ？　コンクリートを作るにはミキサー車がいるんじゃねえのか？　工事車両ってスタンプ何オジよ。１００００オジとか、そんなレベルだったよな。それが数台と諸々の資材だったりすると、そもそも石灰とかそういうのが必要だろうし、素材から、道具もいるだろうし、それを採取するショベルカーやらダンプやらの他の重機とかだっているだろう。鉄骨だってスタンプで交換出来なかったら作るしかないわけで、諸々考えたら10万オジくらい必要かね？　桁が違うよ桁が。どれだけの時間と労力が必要になってくるのか。考えただけでも気が遠くなるぜ」

「じゃが、それが欲しいのじゃ」

「………」

曇りなき眼で山太郎が断言するのを聞き、秋良は戦慄した。ひょっとすると自分は、起こしてはいけない男に火を着けてしまったのではないか、と。

「頼む進君！　みんな!!　建築部にスタンプ全部くれ！！　とりあえずスタンプが全部欲しいんじゃ！」

「うわ！　このジジイとうとう言いやがった!!　言いやがったな！！！」

とうとうぶっちゃけた山太郎に秋良が慄きの悲鳴をあげる。秋良は既に先ほどの発言を後悔していた。何が必要か言ってみればいいなどと、暴走ジジイの背中を押してしまったのだ。

「大丈夫じゃ！　一日10オジをコンスタントに稼いでいけば、1万日後には10万オジ貯まっておる!!」

「いや、27年後じゃねえかよ！　あんたもう90近いじゃねえかよ！！！　冷静になれこのクソジジイ！！！」

「90なら、まだ普通に生きておるじゃろうが！　十分十分！　まだまだ逝かない極楽道じゃ！」

「訳わかんねえトチ狂ったポジティブ出すんじゃねえよ怖いなもう！　それに27年の間の仮住まいはどうするんだ。その間に家が壊れたら？」

「それまでは現状で出来る一番の家を建てるしかないのう。それは今作っている基礎で建てるんじゃ。じゃが、それはあくまで仮暮らし！　これを完成形にするために、10万オジをワシにくれ！」

「んだよ！　そんなのただの自己満足じゃねえかよ。そんなじじいの世迷い言に27年も付き合うかよ！」

「なんじゃと！　秋良君がワシの好きなようにすればいいと言ったのではないか。いくらなんでも手のひら返しが早いぞ」

「まさかこんな簡単に暴走ジジイ化するとは思わねえからだよ！　現実見えてなさすぎだよ老いぼれ。工事車両や資材の前に老眼鏡をスタンプでもらう方が先じゃねえか？」

「……なんたる酷(ひど)い言い草⁉　この金髪若造が！！！」

「やんのかこのムキムキプッツンジジイ‼」

とうとう、おじさん会議名物、秋良と山太郎の喧嘩(けんか)が始まってしまった。

進も、いつか、こういう事態が訪れるとは思っていたが、それが一番理性的で穏やかな山太郎だとは。

そう、この島生活。たとえおじきちが心優しく性格の良いおじさんを選別していたとしても、極限状態というものは訪れる。それによって起こり得る事象の一つこそ、スタンプの総取りである。

なによりも山太郎の提案は彼個人のわがままとも言い切れないから、難しい。先ほど山太郎が言ったように、家というものは絶対に必要で、直結して、命に関わるものだからである。

「ああ、そうじゃ！　スタンプ交換でどうしようもなかったら、ワープゲートじゃ！　ワープゲートでよその島に行けば、どこかに鉄骨やコンクリートやミキサー車を願ったおじさん達の島があるかもしれん!!　建築島が！」

「どこの世界に無人島に一つもっていくものでコンクリートやミキサー車を願うヤツがいるんだよ」

「分からんではないか、ふざけてビールをもってきた輩（やから）がいるくらいじゃからのう」

「あー、言ったなこらジジイ。んだとジジイこら！！！　ほらジジイ今飲んでるものを返せ！　あんたにはもう俺のビールは一滴たりとも飲ません！」

「それなら今座っとるその椅子に、いつもパクパク料理を食べる時に使っている箸なんかも返してもらおうかの。新しく建つ家にだって家具やベッドはあっても、それは秋良君だけは使用禁止でーーーーーす」

「んだお前！　小学生かよ!!　小学生ジジイかよ!!」

ちなみに秋良が38歳、山太郎が62歳の、良い大人の言い争いである。

「あ、あわわ。喧嘩はよくないでござるぞ……」

議論は発熱して、秋良と山太郎は取っ組み合い寸前にまでなり、木林が青い顔で止めようとしているが、島リーダーの進は笑みを浮かべて、心から満足そうに呟いた。


「……いやあ、いいですね」


「……は？」

「……いい、じゃと？」

「はい。実に素晴らしいです。二人とも、最高です」

うんうんと何度も頷いて、進は二人に拍手を送る。

「これだけ議論が白熱するということは、皆さんがそれぞれ島のこと、子供達のことを考えているということですから。素晴らしいです。これを全てまとめるのが島リーダーであり総務の私の仕事ですから、腕が鳴ります」

「お、おお。す、進君。それじゃったら、なんとかワシのわがままを聞いてくれんか……」

実際、かなり酔いが回っているのだろう。山太郎は進の足元に縋(すが)りついて懇願する。進は腕を組んで何事か考えている素振りだ。

「うーん。そうですね。コンクリートに鉄骨、ミキサー車等の重機ですね。実際、あにまるさん達が前にいたという場所には施設があったといいますから、建築技術はあり、建築方法もあると思います。なんとかその道具やらをお借り出来たらいいんですけどね」

「そうそう！　進君の言う通りじゃ‼　……ん？」

「そうなったら、頼るべきはわかものさんですよね」

「ん？　あ、れ？　ん、そ、それはそうじゃのう？　……ん？」

わかもの？　何故(なぜ)ここでわかものが出てくるのだろうか。先ほどまでの勢いが一気に冷め、ジトリと、山太郎のシャツの背中に嫌な汗が流れる。

「実は、スタンプ報酬の中に、あにまるワールド本土に行くためのワープゲートがあるんですよ」

「は⁉」

「あ、はあああああああああああ！！！？？？」

「はああああああでござる！！？？？」

山太郎のスタンプ総取り27年計画も霞んでしまうほどの爆弾発言に、おじさん三人が衝撃を受ける。

「スタンプブックの後ろの方なんですけど、ここにほら」

進が取り出してきたスタンプブックを全員が覗き込む。確かにそこには「本土行きワープゲート　１０００オジ」と書かれているではないか。

「ほ、ホンマや、ホンマに書かれとるで！！」

「秋良殿、動揺で関西弁になってますぞえ」

「木林君も、台詞の中に舛添さんが登場しておるぞい。と、ワシも何を言っておるんじゃや」

「カンナ、これって本当なの？」

秋良がカンナを見ると、カンナはピンク色の髪を揺らしてニコッと微笑む。

「はいはい。これを使うとあにまるワールドの本土。メインランドに行くことが出来ますますます」

「そ、そうか」

「………本土」

一瞬で、全員が落ち着きを取り戻していた。

「どうします？　10万オジならともかく１０００オジなら、１００日で貯まりますよ？」

「ううむ、じゃが。これじゃあ考えが逆というか、諸刃の剣というか。わかものの脅威から逃れるための安全な家を作るためにわかものの本拠地へ行くというのは、のう。ああ、じゃが、虎穴に入らずんば虎子を得ず。ともいうか……ううーーーむ」

先ほどまでのわがままジジイの勢いは衰え、完全に山太郎は動揺している。恐ろしいことに別に進はこれを意地悪で言っているわけではなさそうなのだ。

「まあ、進さんが言っていることは、正直考えてもみなかったぜ。あにまるワールドの、わかものの本拠地に乗り込もうってわけだからな」

「でもでも、それじゃあ拙者達の素性がバレてしまいますぞ!!」

「大丈夫ですよ。全員ギリギリ34歳と言い切ればいいんですから」

「いや、それ絶対秋良君しか無理じゃろうがよ。いや、進君もいけるかもじゃが。ワシのどこが34に見えるよ!?」

珍しく山太郎のツッコミが見事に決まる。進はその鋭さに手を叩いて笑うが、まったく狼狽えることなく明朗に返答する。

「9割大丈夫だと私は思います。だって、35歳を過ぎたこの世界の人間はみな、隠居して姿が見えなくなってしまうんですよ。私達の姿が見えている時点で『わかもの』である証拠ですからね。少しふけた人だなって好意的にとってくれるだけですよ」

「ううむ。それはまあ……」

白髪のおじいさんやおじさんを見ても、そもそも「おじさん」というものを見たことがないのだから、比較対象のしようがない、というわけである。「おじさん＝隠居」という図式が浮かんでこない、というのが進の主張であった。

「いや、ていうか俺達この前わかものを撃退した時に完全に顔見られてるじゃんかよ！」

「拙者(せっしゃ)もスーパー隠居がどうとか、偉(えら)そうに講釈を垂れてしまったでござる」

「あはは、そうでしたね。じゃあ、少し変装するなりして乗り込みましょう」

そこそこ重要な指摘なのだが、そこはあっけらかんと受け流して進は話を進める。

「まあ、とはいったものの、チケットは二人しか使えないので、まず、私と秋良さんで乗り込みます。で、なんとかして物資をこちらに送る船などを手配してですね」

「ちょ、ちょっと待てよ。ワープゲートは時間制限があっただろう？　確か時間内に帰らないと強制的に島に戻される、っていう」

「ええ、なので船はひょっとしたら私達を抜きにして、そのまま運んでもらうことになるかもしれませんけど。ああ、だから船長さんが分かるようにおじさん島の座標を把握しておかないと駄目ですよね」

「ちょ、ちょっと待てよ」

ああいえばこういうと進が返し、トントンと話が進む状況に脅え、流石(さすが)にそこで秋良がストップをかける。

「だったら無理じゃねえかよ。そんな、わかものに俺達の島の情報を漏らして、それこそ、おびき寄せるようなもんじゃねえかよ！」

「え。多分簡単ですよ。普通に現場はあにまるさん達だけで回っているんですから」

「……ああ。そうか」

　隠居になるまでの寿命が短いわかもの達は基本的に仕事をしない。社会はあにまる達で回るようにしっかりと管理してあるのだ。

「だから、なんとかあにまるさん達の船と重機を手配して、島まで運んでもらうようにすれば、いけると思います」

　現場にわかものはいないはずである。人生の時間の少ないわかものは、自分達が遊ぶため、あにまるを最大限に酷使するのだ。そこで、秋良がボソッと思っていることを述べる。

「ていうか、話変わるかもしんねえけどさ。それって、完全にあにまるが現場で社会を回しているわけじゃん。わかものには現場監督もいなけりゃ、それより上の責任者みたいなのはいるんだろうけど、お飾りっぽいし。確実に昔の王政時代というかさ」

　それに対して、木林が眼鏡を光らせて応じる。

「それこそ昔の王政時代と同じ、ということですぞ。一握りの王政。勿論、革命が起きることもありますが、それは『現状がおかしい』という思想が生まれなくてはなりません。

あにまるさん達は生まれてからずっとわかものに支配されて『それが当たり前』という考え方をその身体に植え込まれているのですぞ。そう簡単に反乱を起こす気持ちが生まれないのでは？」

「そうか。確かにあにまるはその野性味すら封印されていたわけだからな」

たとえ身体的、数的に有利だとしても、「その気」がなければ何も動くことはなく、変わることはない、というわけである。

「まあ、拙者は実はひょっとしたら別の理由があるのかも、なんて思っておりますが」

「え、なんだよ木林さん」

「いえ、思ってるだけで、まったく見当はつかないのですがね。ぐふふふ」

「んだよ、ただの勘かよ。まったく」

力が抜けたように秋良が笑うと、進が話をまとめる。

「まあ、なのでそういう段取りでいけば、わりと順調に重機等、あちらの文化を頂戴することが出来るのでは、なんて思っています」

「ていうか進さん、それって今思いついた話じゃないだろう？」

秋良がそう指摘すると進は舌を出してバツが悪そうに笑った。

「いや、あちらの本土の食材を入手したり、町の様子を見て文化を知れたら、なんて考えていただけなんですけどね。そんな考えの応用です」

「…………」

あまりにも全ての上をいく進の提案に、山太郎達は絶句してしまっていた。

「まあ、冗談、というわけでもないのですが。実際にこの島にとって、子供達にとって正解でしたら、この方法だってやぶさかではありません。山太郎さんの言ったようにスタンプをコツコツ貯めるプランでは時間がかかる。私の言った計画なら時間は短縮されますが、リスクが大きい。この間をとったうまい折衷案でもあればいいのですが。ですが、こうやって議論をぶつけあうことこそ、前進するために必要なことなのかもしれませんね」

結局、進は山太郎を落ち着かせるために、彼よりスケールの大きな話をしたのだろう。だが、与太話にしては計画性がしっかりしているから、思いつきで言ったわけではないことが分かり、周りの方がソワソワしてしまったという次第である。

そこに進は酒のつまみを一皿持ってきた。

「さあ、これでも食べて少し落ち着かれてください」

「あれ？　これは、先日も食べた、ケモンチョロンだったかの？」

森で木林がチュンリー達と採ってきた、豆腐に似ている黒いキノコである。

「そうです。今日は醤油を差して生姜を添えてみました」

皿を持って、山太郎は箸で一かけら摘むと、口に入れる。

「おお!!　こりゃあ冷ややっこじゃな！　美味い！　というか懐かしい!!」

「そうでしょう？　私も味見して驚いてしまいました。私達の世界での食べ物の代わりになるようなものが、こちらにもあるということなのかもしれません」

「代わりになるようなもの……か」

山太郎は夜空を見上げる。そこには満天の星が広がっていた。それをしばらく眺めた後、火照った顔で、進に謝る。

「すまんかったな進君。子供のようなことを言って」

「いえいえ。何も謝ることはありません。本音を知らないと、良い考えも浮かびませんから。あと、白熱して話してしまいましたけど、皆さんは大事なことを忘れていますよ」

「大事なこと？」

自分のプランに何か見落としがあっただろうか。腑に落ちず山太郎が首を傾げると、進はゆっくりと、頷いた。

「ええ、それはこの島のことを真剣に考えているのは、私達おじさんだけではない、ということです。昼間のブタサブロウさんにしても、この島が大事だから、思わず出てしまった言葉です。それが、この島に根付き始めた、一番の財産なのです」

「確かに……」

「だから、山太郎さんの答えはひょっとしたら……子供達が出してくれるかもしれませんよ」

21　新しい家、安心の家を建てよう!!　～コリスのひらめき編～

次の日、山太郎はひどい二日酔いだった。

——ワシとしたことが、なんとまあ、醜態をさらしてしまったもんじゃ。恥ずかしすぎる。スタンプを全て欲しいなどと……。好きなおもちゃがもらえない子供のように癇癪を起こすなどとは……。あああああああ…………。

おじさんの中でも一番の年長者であるのに、一番の良識を持っていなくてはならないはずなのに、あんなわがままを口に出してしまうとは、流石に自己嫌悪に陥り、落ち込んでいた。

——というか、やはり進君は凄いのう。まさか、スタンプでなく、本土で技術を調達しようだなんて、一体どういうつもりじゃ。

あれは山太郎を黙らせるために言った妄言なのか。だが、一瞬で思いつくような計画でもないはずだ。なんとなく煙に巻かれたような気分であった。

そんな山太郎のもとへ、今日もコリスとブタサブロウがやってくる。

「ヤマタロウ、今日はどうすればいいんだブタ」

「おじいちゃん。基礎の続きをするリス？」

「へー、家が地面に刺さっている、って感じブタ」

「そうリス。これが基礎だリス。これから上に家を作ればいいリス？」

「うん。そうじゃのう」

材木は用意してある。あとはここに建てればいいのだが、本当にこのままでいいのか？

――いやいや、わがままを言ってはいけない。

「……そうじゃな。これでいこうかの」

そこで、コリスが山太郎を見上げる。

「おじいちゃん。何か悩んでいるリス？」

「な………」

小さな黒目が、真っすぐに山太郎を見据える。きっと山太郎の不安がコリスにも伝わってしまったのだろう。

――まったく、ワシは何をやっているのかのう。あれだけ、子供達を不安にさせてはいけないと誓ったというのに、早速このザマじゃ……。

更なる自己嫌悪に陥った山太郎は、コリスを安心させるために笑顔で首を振る。

「いや、大丈夫じゃ。悩んでいることなどなにもな――」

その瞳を見る。真っすぐに、真剣に、山太郎を見据えるその小さな目を。

そこで、昨日の進の言葉を思い出した。

――この島のことを真剣に考えているのは、私達おじさんだけではない、ということです。

「…………」

――まったく、自分よがりのどうしようもない暴走ジジイってことじゃな。

分からなくてもいい。出来なくても、一緒に考えることは出来る。

山太郎は小さく息を吐くと、コリスに語りだす。

「いや、ええとな……。じつはの、ちょっと悩んでいてな。というのも、実際の基礎というのは鉄骨にコンクリートを固めてそれを土台として………」

気が付けば、山太郎はコリスに全ての不安と、どうすれば改善出来るのか、説明をしていた。勿論、ブタサブロウもうんうんと腕を組みながら真剣に聞いてくれている。

最後まで聞いて、コリスは何度も小刻みに頷く。それは山太郎から聞いた説明を嚙み砕き、咀嚼するかのような動作だった。

「つまり、地面の上に家を建てる限り、土に家が突き刺さっている状態でないと、また嵐にやられる可能性があるってことリスね」

「そうじゃ。じゃから、今地面に木材を埋めておるのじゃ。そりゃあ、前の家よりは頑丈じゃが、それよりもやはり鉄骨やコンクリートで固めた方が絶対に強くなる、ということをなまじっか知っておるからのう」

「……本土や、施設も、多分そのコンクリート、みたいなもので作られていたと思うリス」

「本当か？」

「ああ、そういえば俺も新しい施設が建っているところを見たことがあるブタけど、なんか、ヤマタロウが今言っている感じで作っていたと思うブタ！　石の地面に、鉄の棒がぶっ刺さっていたぞ」

「そうか……」

やはり、あにまるワールドにはその技術があるのだ。問題はそれをどうやってここに持ってくるか、なのだが。

「ならば進君の言う通り、1000オジを貯めて本土から調達………」

「いや、おじいちゃん。そうじゃないリス」

思考を先回りして、コリスは山太郎を制止する。

「ん？」

「たしかに本土にはそういうものがあるリス。だけど、ここにそれをもってこれないし、多分凄く大変だリス。それなら僕達の労力やおじいちゃんの知識や経験は別のことに使った方がいいリス」

「そ、それは……」

理路整然と言われて、山太郎はハッとする。そう、それを昨夜も言われたのだ。それなのに山太郎は意固地になってしまい……。

「じゃが、それでもいいのか？　今のまま、家を建てても。もっと安全に出来るというのに」

思わず問い詰めるように言ってしまったが、コリスは口の端を持ち上げて笑うと、小さく首を横に振る。

「僕は別に何も諦めていないリス。要はおじいちゃんが言っている条件に当てはまるものを作ればいいんだリス」

「そ、それはその通りじゃが……それは一体」

「おじいちゃんは別にそのコンクリートが欲しいってわけじゃないでしょ？　要は嵐にも負けない、頑丈な家を、この島で作りたいってことリス」

「そ、そうじゃ。その通りじゃ」

「多分、おじいちゃんの中では選択肢がそれしかないから、それ以上のことは考えられないんだろうけど、ここはあにまるワールドリス。おじいちゃんのいた世界とは、違うけど、同じものもあるリス」

「違うけど、同じもの？」

「ついてきて」

どこかで聞いたフレーズだと思いながら、山太郎の目はコリスに釘付け(くぎづ)になる。

コリスは小さな腕を組みながら、何事かブツブツと呟き(つぶや)、考えながら森の入り口から少し山側に行った場所まで歩き、ある木の前で立ち止まった。

「これは、マッチャオの木リス」

「あ、ああ。前に教えてもらったな。なんでも一つの木に色々な実をつけると言っておったな」

「そうリス。だけどおじいちゃん、見ていて、おかしなことに気が付かないリス？」

「おかしなこと？」

そう言われて山太郎はじっくりとそのマッチャオの木を観察する。だが、特におかしな点は見受けられない。普通に、金色のリンゴのような実が生(な)っているだけだ。

——ああ？　ちょっと待てよ。そういえば。

先日、コリスから言われた時も思った違和感があった。

「そうじゃ……この木には一つしか実がなっておらん」

「そうリス」

「何故(なにゆえ)じゃ？」

「それが、一つの木に、というのは実はちょっと言い方が違っていて。マッチャオの別の実は、あそこになっているリス」

　そして、コリスは4メートルほど離れた場所に立っている幹を指さす。そこには青色の糸のような果実が生っていた。

「いや、じゃがあれはその、そもそも別の木じゃろう？」

「違うリス。僕の説明が間違っていたから申し訳ないリスけど、マッチャオの木は、別名根分けの木って呼ばれていて、この木とこの木と、この木、それとこの木は、どれも同じ根っこから生えている、まさに兄弟みたいな木なんだリス」

　コリスが次に指さした木には赤色の実が、最後に指さしたものには黒い四角形のキノコが生えていた。

「これが、全て同じ木？」

「そうリス。マッチャオの木は地面にびっしりと根を張って繋がっていて、嵐が吹いても吹き飛ばないと施設の教官あにまるに教わったリス」

「なんと……！！？　それは、つまり」

　ここで山太郎は、何が言いたくてコリスがこの話をしたのかを悟った。

「だから、基礎を作ってそこに家を建てるんじゃなくて。このマッチャオの木がある場所、その根を基礎にして、木を柱にして、そのまま家を建てたらどうリス？　だって、この四本の木は、この前の嵐にも負けなかったリス。折れも曲がりもせずにここにしっかりと立っているのがその証拠リス」

「…………」

山太郎は目を見開いたまま、コリスを凝視する。

ここまで熱弁して、コリスは自分がおかしなことを言ったのではないかと、不安になった。だけど、山太郎が悩んでいたのだ。そして、その悩みを自分に打ち明けてくれた。どんな小さな可能性だろうと、おかしな思いつきだろうと、なんとしてでも力になりたいに決まっている。

山太郎はというと、しばらく黙って項垂れていた後、大きく息を吐き、キラキラ輝いた瞳でコリスを見つめた。

「おいおいおいおい……なんということじゃコリス、お主。とんでもないことを思い付くの!! ワシは、無人島生活のルールを逸脱するところじゃった。ここにあるもので、無人島でなんとかする、という、当然のことを。コリスのお陰で目が覚めたぞ。ワシは欲にまみれたとんでもない強欲ジジイじゃったぞ!!!」

スタンプ10万オジで工事車両? 本土に行ってコンクリートを手配? そんなものは必要ない。それを、目の前の小さな頭脳が証明してくれたのだ。

「いけそうリス?」

「いけるも何も、最高の案ではないか! この世界の樹木には虫がついたりもせず、不思議と手触りの良いものが多いと思っていたのじゃ。これなら加工せずにそのまま柱にしても何の問題もなかろうて。最高のツリーハウスになるぞ!!」

　そう言うと、山太郎はコリスの頭に手を置いて……から、スッと離し、心からの礼を述べる。

「ありがとうなコリス!!　お前のアイデアでやらせてくれ！！！」

「凄いブタ。コリスがヤマタロウの悩みを解決したブタ」

「ああ！　そうじゃな!!」

　山太郎に認められたコリスは心の底から嬉しそうにはにかむと、更なるアイデアを話し始める。

「さらにリス。家を作るのは木の下の方になるリス。二階建てにしたとしても、実がなっている部分は更にその上だリス」

「ふんふん、そうじゃのう。……まさか、コリス？」

「そうだリス。そうしたら、家に実もなるリス！」

「食べ物がなる家だってよ！　マジブタか！　天才ブタ、コリスは！」

　コリスの素晴らしい提案を聞いてブタサブロウも称賛の雄たけびをあげるのだった。

◇　◇

早速、次の日から作業は始まった。

「アキラとブタサブロウはマッチャオの四本の木に生えている葉っぱや枝を落として、まっすぐ、柱となるようにしてほしいリス」

「了解!!」

小さなヘルメットを被ってテキパキと指示を出すコリスに従って、二人(一人と一匹)は作業を開始する。

手際よく秋良もブタサブロウも鋸で家の基礎から床部分、屋根にかかる箇所の葉や枝を切っていく。

「よし、じゃあこの四本を基礎にしたいから、地面から25センチの部分で木材で繋いで、その間にも網目状に木材を張り巡らせるリス。その上に板を乗せて釘を打って、床にするリス。とりあえず今日は夕暮れまでにその作業まで終わらせたいリスね」

「了解、まかせとけコリ坊!」

「アキラ、俺材木を取ってくるブタ」

秋良とブタサブロウは言われた通りにてきぱきと動く。コリスが自分で考えた建築に協力したくてたまらないのだ。

その様子を、山太郎は後ろから見ていた。背中を向けたまま、コリスは言う。

「この四本の木はとても強く、頑丈で、それを証明するには、やっぱりあの嵐がなければだめだったリス。つまり、あの日の嵐も、涙も、無駄じゃなかったということリス」

「コリス……」

それを聞いて、山太郎はもうたまらなくなり、涙を流した。

誰が想像していただろうか。あの、オドオドして、おじさん達に一番脅えていたコリスが、こんなにも堂々と立派になるなんて。

「うおおおおおおおおおおおおおおおおおおおおおお!!」

泣きながら、山太郎は最近ずっと抱えていた罪悪感や贖罪の気持ちが一気に溶けていくことに気が付いた。

「おじいちゃんは一人で背負いこむことなんてないよ。僕達だって同じ島に住む仲間リス。一緒に協力して、この島をもっともっと良い島にしていきたいリス。僕、この島が大好きだから」

「うごおおおおおおおおお!!!こ、こ、コリスうううううう!!!!!」

それから島が揺れるほどの大声で泣いてしまい、山太郎は仕事にならなかった。

◇　◇

その日は木を削り、周りに板を留めて壁を作る作業まで終わり、洞窟に帰ってきた。

子供達が寝静まってから、通例のおじさん会議の時間である。

「……まったく、進君の言う通りじゃったよ。答えはコリスが、子供が教えてくれたわい。ワシみたいに現代の知識で凝り固まった老いぼれよりもずっと柔軟で、何の無理もないやり方で解決してみせよった」

ビールを飲みながら、しみじみと山太郎は言う。

「山太郎の旦那、今日は格別にビールが美味そうだな」

「そりゃあ美味いに決まっておる。この島に来て一番美味いビールかもしれんのう。やはり、子供の成長が一番の酒の肴じゃわい」

進はちゃんと酒の肴も用意してくれていた。昨日も山太郎が絶賛した、ケモンチョロンの、冷ややっこである。

黒いかたまりを少し崩し、醤油と生姜をつけ、箸でつついて口に入れる。

「ああ……やはり落ち着くのう。まるっきり同じではないが、冷ややっこにそっくり……」

「山太郎さん。ちなみに、これマッチャオの木に生えていたキノコなんですよ」

「……なんとまあ」

豆腐の代わりになるケモンチョロン。そのキノコが生えていたマッチャオの木が、建物の基礎や柱の代替となるとは。

「……考えてみれば、これもヒントになっておった、ということかの。この世界で学ばされているのは、子供達ではなく、ワシらかもしれんな」

山太郎は感慨深くケモンチョロンを口に入れる。

「そういうことかもしれませんね。豆腐じゃないけど、豆腐のような味、役割をするものがある。マッチャオもまた基礎の代替として作用出来ることが分かりましたしね。これって、何かの代わりを世界自身が補おうとしているのかもしれません」

「なるほど。自浄作用といいますか、補う力、でござるな」

「その通りです。そして、なんとなく、ルールみたいなものが掴めてきましたよ」

「ルール？」

「この世界にしかないものがある。そして、それは代替として使用することが――出来る」

新しい発見に、進の瞳は輝いていた。当然である。この男はこういうゲーム要素が大好きなのだから。

そんなおじさんの飲み会を少し遠巻きに見ていたのはカンナとおじきちである。

「……マスター」

「なんだおじ？」

「代替品、ですかね？　これって、新しいルールか、スタンプに反映出来ませんかね？」

管理人はこのゲームのルールや仕様の改変に関して進言が出来る立場にある。カンナはふと、そう提案してみた。

「そうおじね。今度の隠居会議で言ってみるおじ」

「今度って、アップデートの会議ですか？」

「ああ、いや、アップデートはもうこの前まとまったおじ」

「え？　それって皆さんに告知しました？」

「忘れていたおじ」

「……明日にでも、すぐにしましょうよ」

カンナは呆れた顔でおじきちに進言する。

「だけど、代替というのはちょっと違うおじ」

「え？」

「豆腐は元々、ケモンチョロンだった、ということおじ」

「？？？？　それって、鶏が先か卵が先かみたいな話ですか？」

首を傾げるカンナの問いに、おじきちは答えなかった。

飲み会が盛り上がる中、進はまだ何やら珍しい山菜を扱っていた。

「進さん。それは？　なんだか葡萄？　ていうか、海ブドウ？　みたいだな」

「これはポエトワリンといって、先日私が見つけてきたのですが、このまま焼いて食べようとすると、とてもじゃないですが苦くて食べられないんです」

「へー。じゃあ、あんまり食べるようなものじゃないのかな」

「ですが、この種子の部分にどうやら苦みが集中しているようで、逆にこの部分を取り除けばいけるかなと思ったんです。ですが、普通に外そうとすると中身が弾けて、中の部分と種子が混ざってそのまま全体が苦くなってしまいまして。なので、今度はじっくりと鍋で煮込んでみますと、種子が小さく固まって、本体とは別物のようになりました」

　そう言って進は秋良に煮詰めたポエトワリンを見せる。なるほど。種子が小さく固まったから海ブドウのように見えたのか。

「これなら、ほら、種子だけポロッと取ることが出来るのです」

「へー。そうやってまた新しい料理が出来るんだな。いやはや、進さんの探求心には頭が下がるぜ」

「いえいえ。まあ、下ごしらえはこれぐらいにしておきましょうかね」

　進はポエトワリンをザルに入れて、立ち上がる。その途中、思い出したように山太郎に声をかける。

「ああ、山太郎さん。そういえば、基礎が余ってしまいましたね」

明日からマッチャオの木での建築が始まるのだが、初めに建てようと木材を差し込んだ基礎がまだ砂浜に残っているのだ。

「そうじゃのう。足を取られると危ないから一度バラすとするか」

「いえいえ、勿体(もったい)ないです。実はあそこに建ててほしいものがありましてね」

「なんじゃ。まあ、倉庫とかなら構わんが。住宅でなければ問題はないかの」

「そうですね。いざとなったら頑丈な家に逃げればいいですし、洞窟もありますしね」

「で、一体何を作る気じゃ？」

それを聞かれた進は、屈託のない笑顔を見せる。きっと、これこそ進が本来この島でやりたかったことの、優先順位の高い一つ、なのだろうことが分かる。

島リーダーは、山太郎にこう答えるのだった。

「子供達の未来の——居場所を作るための、大切な建物です」

22　アップデートしよう！

「さて、みんながこの島に来てからそこそこ経ったので……『おじ森』アップデートだおじ!!」

「突然ですね」

アップデートは突然に、である。

おじきちが昼過ぎに砂浜に現れたと思ったら、高らかにアップデートを宣言したのだ。

「まあ、こういう情報をちゃんと伝えるようになっただけでもマシになったかもしれねえけどな！　偉いぜおじきち!!」

「実際は七日前の隠居会議で決まっていたことおじ。一昨日カンナに言われて思い出したから、今日みんなに伝えるおじ」

「てめえこのおじきち野郎！！！　降りてこい！！！　ていうか一昨日思い出したなら一昨日言いやがれ！　いちいちツッコむ所が多すぎるんだよてめえは!!　珍しい俺の褒め言葉を返せ貴様！！！！！！！！！！！！！！！」

怒り爆発の秋良が飛び跳ねながら宙に手を伸ばすが、おじきちはパッとその場から消えると背後に現れる。おじきちが視(み)えない子供達は、秋良が一人でぴょんぴょんと跳ねている光景を見て、ゲラゲラ笑っていた。

「だけど、アップデートとは、ここは本当にゲームみたいですぞ」

「そういえば木林さんはゲームプログラマーでしたね。アップデートってやっぱり大変なんですか？」

進の問いかけに、木林は眼鏡をキラキラと輝かせながら答える。

「勿論(もちろん)でござる。人気のゲームであればあるだけ、アップロードは待ち望まれているでござる。ですが同時に改悪やシステムトラブルが起きる場合もあるので、とても慎重に臨まなくてはいけないデリケートな案件でござる」

「ということは、この『はたらけ！　おじさんの森』はなかなか好評じゃといえるな」

「でも、それって裏を返せば人気がなくなったら、そういうのは実施されないってことだろう？」

「まあ、運営がケチったり、不具合が人気になる場合などもあるので、一概には言えないでござるが、そうなったらサービス終了でござる」

両手を広げる滑稽(こっけい)な言い方の中に、幾何(いくばく)の悲壮感を滲(にじ)ませている木林の様子に、面々は妙にリアルを感じた。

「以前のわかものの来襲のように、ゲームバランスが崩れてしまったのは隠居の中でも問

ネ申

題視されているおじ。これは確実にボク達の落ち度であったので、みんなには申し訳ないと思っているおじ」

アップデートの事実を遅れて知らせることは何とも思っていなさそうだが、わかもの来襲に関しては本当に悪いと思っているようで、おじきちは謙虚に頭を下げる。

「なので、その対策の一環として島の結界を強めたわけだけど、それと同時に更にボク達隠居の神の力をもっと島生活に反映させるようにしたおじ」

「それは一体、どういうことですか？」

「ボク達の神通力を具現化する強度を上げるおじ。つまり、進達おじさんを通してこちらの世界への影響力を強化する、ということおじ。まず、それぞれのおじさんがここに来る前に願ったギフトを強化するおじ」

「それって……最初の質問で手に入れた、ヤツですか？」

現実でおじきちからもらった『はたらけ！　おじさんの森』のソフトをプレイした時に、名前や生年月日の入力と同時に、「無人島に一つだけもっていくなら？」という問いがあり、皆それぞれ一つを答え、それらの品々をあにまるワールドに持参してきている。

ちなみに進は救急セット。木林はペットボトル。山太郎は工具セット。秋良は缶ビールであった。

「それが強化されるということは、一体どういうことですか？」

「まあ、とりあえずやっておくだおじ。いよ！　めでたい！　めでたいよ(^^)/アップデートだおじ(^^)/」

　そう宣言すると、おじきちの顔の花火が空に舞い上がった。大きなおじきちの顔から、更に小さなおじきちの顔の火花が無数に散り、島中に呪いのように降りかかる。

「はい、これでアップロード完了おじ」

「なんとも不気味な光景じゃったが。まあ、どれどれ、ワシの工具セットはどうなっているかの……おお！　これは⁉」

　山太郎は工具セットの数が増えていることに気が付くと、すぐに中身を確認する。

「うお！　ナキタのインパクトドライバーじゃ！　それに丸鋸(まるのこ)や、チェーンソーまで！」

　元々のセットは釘(くぎ)やハンマーだけだったが、ここに電動工具が参戦したのだ。

「これで、木の伐採や建築に、かなり貢献出来るぞ‼」

　マッチャオの木に建てる新居や、進から依頼されている施設等を作る際に、最高に役立つものであった。山太郎はほくほく顔の満面の笑みでリニューアルされた工具箱に頬(ほお)ずりするのだった。

「どれどれ、では拙者(せっしゃ)のペットボトルは一体どうなったでござるか？」

　木林が自分の番とばかりにリュックサックの中をまさぐる。

「やや！　拙者、何も変わっていないでござるぞ！　なんで拙者は？　一人だけ森じゃないからでござるか？　またしても木林差別⁉」

ズンと沈み込んでしまい、腑に落ちない感じだったが、それに対しておじきちが答える。

「今日はまだ何も変化がないおじ。だけど、木林の場合は、ペットボトルが減らないで一日に何個か追加されることになったおじ」

それを聞いてハッと木林は顔を上げる。

「ええ⁉　なるほど！　それなら毎日ペットボトルを補充して、イカダを作ったりも可能ですぞ！」

「それだけじゃないですよ木林さん。よその島にペットボトルを差し上げて、逆に何か向こうの特産物と交換だって出来るんですから」

「なるほど！　毎日増えていくなら、そういう使い方も出来るってことか！　やったじゃねえか。よし！　じゃあ次は俺だな。どうだ⁉　うわ！　すげえ‼」

秋良のビールは元々四角い銀色のボックスに入っていたのだが、その容量が明らかに増えていた。クーラーボックスを少し小さくしたほどの大きさになっていたのだ。

「こりゃあ、持ち運びは大変そうだけど、かなりパワーアップしたって感じだよな」

中を開けると、ビールの量が増えている。いつものように350ml缶が6本入っているが、その他になんと500ml缶も6本増えていたのだ。おじきちの説明によると、これが木林のペットボトルと同じで、毎日増えるのだそうだ。

「こりゃあ、一日に飲む量が増えてしまうのう」

秋良のクーラーボックスを覗き込んだ山太郎が嬉しそうに呟くのだった。

「で、進さんの救急セットはどうなんだよ」

「え、と。全体的に量が増えているというのと、前までは絆創膏や包帯だったのですが、痛み止めや風邪薬、あ、胃腸薬や肩こりの塗り薬など、薬の他に軟膏なんかも追加されていますね」

「はあ、それは凄いな」

これで島で怪我人や病人が出た時に前より適切な処置が可能となった。更に予防的な要素も増える。進としてはこれは自分達だけでなく、よその島で困った人達に無償で配る必要があると感じるのだった。

「あ……それに、これは」

そこで、進は、奥に「あるもの」を見つけて、つい吹き出してしまった。

「どうしましたかの？」

「いえ。これはまた、私達におあつらえ向きのものが……」

そう言って進が取り出した小さな瓶を見て、他の者も同じように笑った。

「これもまた、サラリーマンの必需品、といったところでしょうかね」

「景気づけに皆で飲もうぜ」

「良いですね！」

テンションの上がった面々だが、それをおじきちが制止する。

「まあまだ待つおじ。話は終わってないおじ」

「お、そうかよ。まだアップデートの続きがあるのか？」

皆は早く進に追加された「それ」を飲みたかったのだが、おじさん達はおじきちの話の続きを聞く。

「…………」

「…………」

「…………いや、言えよ。はやく言えよ！！！　聞く気なんだからよこっちは！　何かあるんだろうまだ！！！」

秋良が大声で文句を言うが、おじきちはのんびりした表情で首を傾げるだけである。

「ああ……。なんだったたっけおじ？　アップデートの続きが、まだあったような……気がするおじ」

「カンナあああああああ！！！　お前が続きを言ってくれえええええええええ！！！」

たまらず秋良は管理人のカンナに助けを求める。

「ええと、ですですね。私も全部知っているわけではないのですが、ギフトの強化だけでなく、今回、ノルマブックが増えたですです」

その言葉に、進が敏感に反応する。

「ほう。つまり、スタンプで交換出来るものが増えたってことですか？」

「そうおじ。つまり、スタンプで交換出来るものが増えたってことおじ」

「いや、おじきち、お前よくそう恥ずかしげもなくスムーズに話に入ってこれるな。完全に忘れてたのに。しかも今の台詞だって、進さんの言ったことのオウム返しじゃん。返事しない方がマシよ？　そんなんだったら」

もう放っておけばいいものの、性格的にどうしても言わずにはおけないのだろう。秋良が疲れた声でおじきちに指摘するが、当然おじきちはまったく意に介さずに話を続け、新しいスタンプブックを空中に浮かべる。

「これが新しいブック、その名も、あにまるワールドスタンプブックおじ」

「どういう意味なんでしょう？」

「え、とですね。今回はあにまるワールドのもの全般と交換が出来るようになったのですです」

「ふむ……それは凄い」

その言葉の意味の深さを、この一瞬で感じ取っているのは、やはり進だけのようであった。

「今まではススム達の世界の物、もしくはこちらの世界とも共通したものをスタンプ交換していたおじ。無人島生活が始まったばかりで、こっちの世界にしかないものと交換しても、混乱してしまうかもだったから、そういう措置（そち）が取られていたんだけどおじ」

「まあ、確かにどういう使い方なのか、とか、どういったものだとか以前に、生きていくことが初めは肝心だったからな」

ただでさえ木に生（な）っている果物や、自生している植物が現実とは少し違っているのだ。これでスタンプの景品まで見知ったものでなかったなら、精神の疲労が大きかったに違いない。

「ちょっと、見せてもらっていいですか？」

ワクワクとした感情を隠そうともせずに進はそのおじきちの顔が表紙に描かれた冊子を空中でキャッチする。

こういう時、完全に運営の思惑にはまってしまうのが進であった。ゲーム性が大好きで、それをどう生かすのかを考えだすと生き生きとし始めるのだ。

「なるほど。今回はおじきちさんの照れた表情の表紙なのですね」

「いや、なんで進さんは表情の違いが分かるの？　俺にはおっさんの同じ顔にしか見えねえんだけど」

ちなみに、以前のスタンプブックがおじきちの笑った顔で、ノルマブックが泣いた顔であったが、実際はほとんど同じ顔で違いなど分からなかった。

「どれどれ」

進が中を開くと、1ページ目には実用品や調理器具の欄があり、普通に皿やコップと書かれている。これは従来のスタンプブックと同じ並びであるが、実際頼んでみると、少し現代のものとは違うのだろうと推測する。

調味料も50オジとだけ書かれて、内訳は記されていない。

「うーん、同じに見えますけど、これが要は中身が違うといいますか、あにまるワールド仕様になっているってことなんですね」

更にペラペラとめくると、よく分からないページに行きあたった。

オヌンガ専用ヌッグ　4オジ
エクスプロージョンファイナルプレイヤー　1000オジ
ゲメゲメのぬいぐるみ　1オジ
キャンチョメ　20オジ
グーグーグルグー　50オジ

ハッチャン　　100オジ

後ろから覗（のぞ）いていた秋良が首を傾（かし）げる。

「……おお、このページは一つも意味が分かんねえな。なあおい、ブタ野郎。オヌンガ専用ヌッグってなんだよ」

いつものようにおじきちは見えなくても何かをやっている雰囲気を察して周りで見学していたブタサブロウ達に、秋良が尋ねる。

「アキラはそんなことも知らないブタか？　オヌンガの専用のヌッグのことブタ」

「……じゃあ、エクスプロージョンファイナルプレイヤーってのは？」

「エクスプロージョンのファイナルプレイヤーってことブタ」

「ゲメゲメのぬいぐるみは？」

「ゲメゲメのぬいぐるみブタ」

「ハッチャンは？」

「ハッチャンブタ」

「分かるかよ！！」

秋良は今日何度目かの叫び声をあげた。

「ですが、これはとても素晴らしいですね！　私達もこちらの字を学び、あにまるワールド文字ノルマブックを作りましょう」

それを聞いて、残りのおじさんも進が何をしたいのか、理解した。

「なるほど、子供達にもノルマブックを見られるようにして、報酬を選ばせるってことだな」

勿論、今までも竿や服を縫うための布など、子供達の希望は聞いていたが、今回はあにまるワールド専用である。ひょっとすると子供達はおじさん達よりうまく使えるかもしれない。

「いや、ていうかこのエクスプロージョンファイナルプレイヤー、1000オジするじゃねえかよ！　高すぎない？」

「これはあにまるワールドで一番人気のゲームパンダ。我もよくやっていて『ディメンションファイター』はSSランクパンダ」

「なんですと!?　これはゲームなのですな！　やはりこちらの世界にもゲームがあるんですな。なるほどなるほど」

以前上陸したわかものがゲームの話をしていたことを思い出す。勿論、あにまる達にゲームをするような余裕は与えられていないだろうが、やはりパンダは特別だということだろうか。

「ええと。それではアップデートというのは私達のギフトの強化と、ノルマブックの追加、というもので良かったんですね」

「………そうおじ」

「絶対にコイツ他に何か忘れてるぜ。きちんとあと四つはきっちり忘れていると俺は確実に思う」

秋良が確信を込めてそう言うが、おじきちは惚(とぼ)けた表情で否定も肯定もせずに宙に浮いていた。

「まあまあ、それではせっかくですからアップデート祝いで、何か新しい報酬をもらうとしましょうかね」

そう宣言した進に、山太郎が逆に尋ねる。

「そうじゃな。進君は何がいい？」

「いえいえ、私の意見は後でいいですから」

「ススムが最初に決めていいネコ」

「島リーダーの進さんから決めなよ」

他の住民も口々に進に譲ってくれるので、進は嬉しそうに頷いて口を開いた。

「ありがとうございます皆さん。それでは私は、あにまるワールドの調味料を試してみたいです」

◇　◇

新しいスタンプブック、その名も「あにまるワールドスタンプブック」を授かった進達は早速その効果を試してみる。

「それでは、あにまるワールドスタンプブックより、調味料を授けますます」

「授けるおじーー」

願いを管理人のカンナが読み上げ、おじきちが応えるという、忘れていた初期の頃の演出をしっかりと二人でやると、進の腕からスタンプが50個消費された後、天空がキラリと光り、ひゅううううという風を切る音が数秒したと思ったら、次の瞬間には砂浜にスポスポと、七つの瓶が刺さっていた。

子供達とおじさんの全員で、それらを拾い集める。

「なるほど。凄い。これが、あにまるワールドの調味料なんですね。赤、青、黄、緑、紫、白、黒。色んな色の調味料です」

七色の粉が入った小瓶が砂浜のテーブルの上に置かれる。

「ええと、どれがどれで、どういった味つけの時にどれを使うのでしょうか？」

ここで困ったことが起きた。周りのあにまるに尋ねてみるが、誰も分からないのだ。年長のチュンリーも施設では料理を教わる前だったので、申し訳なさそうにくちばしを振る。

「もっと年上のあにまるでしたら、調理班などに派遣されたり、料理店などで働いたりもするので、分かると思うのでスズメが……」

「ふむふむ。まあ、あてずっぽうで試してみますかね」

と、進が適当に一つ黄色の瓶を取り、手に粉を落として舐めてみようとする――ところに、パンダが口を挟む。

「基本的にどの色を舐めても塩の味しかしないパンダ」

「え？　本当ですか？　どれどれ。あ、本当だ。塩ですね」

実際に舐めてみると、パンダの言う通り、普通の塩の味である。

「一つだけだと、全てそうなるパンダ。試してみたかったら全て舐めてみるがいいパンダ」

「ふむふむ……。なるほどなるほど。確かに、そうですね」

普通に口を挟むパンダを見て、全員が目を丸くした。進だけが、当たり前のように会話を繋げて、パンダの言う通りに調味料を試していく。その会話で、既に進は調味料の意味に気が付き始めていた。

「一つ一つ口に入れても同じ味……。となると、この調味料は、それぞれを混ぜて使用するんですか？」

「うむ、その通りパンダ。レインボースパイスといって、あにまるワールドの中でもアザラシ族だけが精製出来るもので、あにまるワールド内の調味料は全てこれで賄われているパンダ」

「レインボースパイスですか！　これ、一つ一つは本当にちょっと塩の味がするかくらいのものなんですけど、それでも混ざれば味が変わるものなんですか？」

「そうパンダ。二つ混ぜても三つ混ぜても七つ混ぜても大丈夫。それぞれ違う味になる、あにまるワールドの魔法のスパイスだパンダ」

　胸を張るパンダを輝く瞳で見上げながら、進が歓声をあげる。

「それは凄いですね。ええと、それって要は組み合わせによって様々な種類の調味料になるっていうことですよね」

「その通りパンダ」

「ええと。7つを一つずつだと、7通りで、二つずつだと21通り……。いや、単独では味がないとなると、マイナス7で……ええと、120通りの味があるということでござるな」

元プログラマーで意外と数字に強い木林が即座に味の種類を計算する。

「なんというか、あれでござるな。こういうところはなんともゲームっぽいですな」

そう、木林と同じことを進も考えていた。

「ですが、子供達も知らないことをよくご存じで。パンダさんは料理されるんですか？」

「いや、一度もしたことないパンダ。だけどこれぐらい当然の知識として知っておる。それこそこの世界の支配者であるからな」

そう言って、パンダは自虐気味に笑う。だが、あにまるワールドに関しての知識はパンダがこの中で一番保持しているのは確実だろう。そこに進が目をつけないわけがない。

「いやー、これでパンダさんがいらっしゃれば可能なことが出来ましたね」

「パパ？」

「折角のアップデートイベントですから、早速このレインボースパイスを試して、あにまるワールドの料理を作ってみたいと思います。皆さんの好きな料理を教えてください」

23　あにまるワールドの料理をつくろう!!

　あにまるワールドの料理を作りたい、というのは進の念願でもあった。これまではあにまるワールドの食材を使って、醤油(しょうゆ)や塩、現代の調味料で味付けをするというやり方であったが、今回ようやくレインボースパイスというあにまるワールドの調味料の使用が可能になり、更にパンダの知識も加われば、とうとう完全なあにまるワールド料理を作ることが出来るのだ。

　一体どんな料理がいいのか、リクエストを募集すると、すぐにネコミが尻尾をピンと伸ばし、元気よく手を上げた。

「はい！　はい！　ネコミはポエトワリンのシャーシャー盛りが好きネコ」

「おお、ポエトワリンのシャーシャー盛りは俺も施設で一番好きだったブタ!!」

　ネコミの意見を聞いて、ブタサブロウも明るい声で賛同する。

「ほう！　是非それを作ってみたいですね！　確か、ポエトワリンでしたら、前に一度採ってきたものがありましたよ。その、ポエトワリンのシャーシャー盛りっていうのは、どういう料理なのですか？」

「ポエトワリンを、シャーシャーで盛ったヤツブタ」

「そのまんまじゃねえか。オヌンガ専用ヌッグと何も変わらねえ説明」

口を挟まずにはいられない秋良を笑顔で制して、進は更にリサーチを続ける。

「ふーむ。ポエトワリンとは、あの、山菜ですよね？」

「そうネコ！　とても柔らかくて甘い味がするんだネコ」

そこで、話を聞いていたコリスが小さく手を上げる。

「ネコミとブタサブロウはそう言うけど、僕はポエトワリンってそんなに美味しいって印象じゃないリス……」

「えーと。実は私もでスズメ……」

コリスに同意するのはチュンリーである。

「えー、ポエトワリン、美味しいネコ」

「ひょっとしたら、種族で感じる味が違うのかもしれないでスズメ。だけど、ポエトワリン自体は施設でも凄く採りに行かされましたスズメ」

「確かにそうリスね。僕の施設でも、専属の仕事としても存在したリス」

あにまるによって感想が違うので進は興味を持って、色々と細工をしてみていたのだ。

確かに、ポエトワリン丸ごとを普通に火にかけると、苦い煙が出て、それどころでなかった印象である。

「美味しいという方がいたり、そうではない方がいる。面白い山菜ですね。最初に作るあにまるワールド料理としてはおあつらえ向きかもしれません」


　そこですぐに進は火を起こし、フライパンで焼いてみる。

　その瞬間から、何か焦げたような黒い煙と、苦い匂いが空に舞うのだった。

「にゃあ。苦いネコ」

「なんだよ。じゃあ、どうやってあんなに美味しいポエトワリンのシャーシャー盛りになるっていうんだブタ」

　そうは言っても誰も調理の仕方を知らないので、首を捻（ひね）ってしまう。

「フラワー島に聞きにいくか？　あそこならうちよりあにまるの年齢が上だろうからな」

「いえ、今のお話だと、年齢が上でも料理の仕事に専従した方じゃないと詳しくは知らないようなので。それに、多分、大丈夫です。ここには先生がいらっしゃいますから」

　そう言って進がそのあにまるを見ると、パンダはやれやれと肩を竦（すく）めて口を開く。小さく丸い尻尾がフリフリ揺れているので、本当は言いたくてウズウズしているようだ。

「実際、ポエトワリンはそれごと焼くと苦みが先行して美味しくないパンダ。だが……」

「だが？」

「ポエトワリンの周りについている種子を取り除いて、シャーシャーを和（あ）えれば、美味しくなるパンダ」

「だからそのシャーシャーってのはなんなんだよ」

「赤と青と黄色パンダ」

「うん？」

　秋良が聞き返すと、パンダは同じことを返す。

「赤と青と黄色を混ぜた調味料のことをシャーシャーと呼ぶパンダ。それは少し甘酸っぱい調味料となって、ポエトワリンの苦みを緩和してくれるパンダ」

「なるほど。それがシャーシャーなんだな。ていうか、凄いな。全部覚えているのか？」

「パンダ族は大きなデータベースとも呼ばれているパンダ。パンダの色が白と黒なのは伊達じゃないパンダ」

「二進法、ということでござるか……要はパソコンと同じ、という意味でござるかな。処理速度と容量がどれだけあるのかにもよりますが……」

　木林だけがその意味を理解しているようで、感動したように何やら奇妙かつ気持ち悪くブツブツと呟いていた。

　パンダに言われた通り、進は早速調理を始める。

「それにしても、まずポエトワリンの種子は固く繋がっているから、無理矢理ちぎっても本体に残骸が残ってしまうパンダ。種子だけを取り除くには沸騰したお湯に……」

「ああ、それなら大丈夫です。もう分離は済んだものがありますから」

「パパ!?　なんで先にそれをやっていたんだ」

「いえ。このポエトワリンは先日見つけていまして、実は私も何度かチャレンジしていたんですよ。先ほどのようにネコミさんブタサブロウさんと、コリスさんチュンリーさんでは味の感想が正反対でしたので、ひょっとしてこれは調理法、もしくはその下ごしらえが大事なのかと思いまして」

　最初は焼いてみたが、苦さを倍増させてしまってどうしようもなかった。その後、鍋で数時間煮込んでみると、本体の実が、周りの種子よりも大きくなったのだ。そうなると、手でも種子が簡単に取れるようになった、ということである。

「ですので、それらの処理を先に済ませていたポエトワリンが、こちらでございます」

　満面の笑みで取り出した実は、種子に全てどす茶色な成分を渡し切った、丸く、白い、完璧な状態のものであった。

　それにはパンダが目を剥(む)いて驚く。

　──知識もなく検証を重ねて答えに辿(たど)りつくとは、勘と知性が並外れている、ということだろうかパンダ？

　パンダが見ると、横にはどす茶色い種子が沢山入ったザルもあった。

「だが、種子の方もとっておいたパンダ？　これはもう食べる所がないし、種としても使用出来ないものだパンダ」

「うーん。どうでしょうか。これは何か私もヒントがあるのではないかと思っていまして。あの苦みはどこか覚えがありましてね。さて、あとはパンダさんから頂いた情報で、全てうまくいきますね。それじゃあ作っていきたいと思います」

　フライパンに火をかけて油を入れると、進は包丁で白いポエトワリンを2センチほどの厚みで切って、そのまま投入。下処理する前だと、この瞬間から焦げ付いたような匂いがしたが、今回はまったくそんなことにはならない。

「そして次に、シャーシャーを作っていきます」

　そこで進は先ほど手に入れたレインボースパイスの容器を取り出す。取っ手のある籠に七色の瓶が挿入されている。

「ええと、確か、赤と青と、黄色でしたっけ？　量の配分とかってあるんですか？」

「分量というのはないパンダ。基本的には同じ量だけ混ぜれば良いパンダ」

「はい、了解です」

　進はそこからフライパンに、赤、青、黄色の瓶を指の間で器用に挟んで振りかける。そして、お玉を使ってフライパンの中のポエトワリンと混ぜ合わせると、少し黒い色の中に赤と青と黄、それぞれの色が溶け合う形となって混在する。

「色が変わったネコ」

「絵の具を混ぜるのと同じ感じですけど、それともまた違う混ざり方をして、実に面白いですね。匂いが香ばしいといいますか。あの苦さはまったくないですね」

どうやらこれがポエトワリンの正しい調理の仕方のようだ。コリスとチュンリーのいた施設ではこの調理法を知っている者がいなかったに違いない。それからしばらく炒めて、完成である。

「出来ました！」

皿に盛ったポエトワリンのシャーシャー盛りが目の前に並べられて、ネコミとブタサブロウが目をキラキラに輝かせて歓声をあげる。

「これこれ、これネコ！！！」

「ああ、最高の匂いがするぜブタ！！！」

それでは、実食である。

「うわ、うま………うまああ!!　滅茶苦茶美味（うま）い！！！！！！！！！！！！！！！！！！」

秋良が一口食べて、悲鳴のような叫び声をあげる。

「食感はしっかりしているけど、なんだこの味。なんて形用したらいいか分かんねえよ。だって、初めて食べた味だからよ。ソースでもなく、醤油でも塩でも砂糖でもない、なんだよこの味‼」

「上品な感じじゃが……味はしっかりとしているのう。凄い。うまあああああああああああああああああああああああああああ。なんなんじゃ‼　なんなんじゃこの味はあああああああああ！！！！」

「ああ、なんと表現したらよいでしょうかこの味！　というかこの食感。素晴らしいでござる。こんなにふわふわしたものがあるなんて。この味つけ、酸っぱいようで甘味があって爽やかでまろやかでふくよかなこの味！！！！！！　なんと名付けたらよいでござるか」

「シャーシャーパンダ」

あまりの美味さに悶絶しながら、例える味がないと言い募るおじさん達にパンダがピシャリと言い放つ。

「何にも例えるものがないことないパンダ。それはシャーシャーの味だパンダ。今度からこの味を感じた時は『シャーシャーの味が効いてるね』と言うがいいパンダ、ボケ共が」

「これが、ポエトワリンのシャーシャーシャー盛り……あにまるワールドの、料理……」

作った進も、その至高の味に言葉を失うほどであった。

基本的にあにまるは支配されているのだが、こと食に関しては恵まれているというか、何も食べさせてもらえないということは少ない。勿論、ノルマを達成出来なかったら食事を抜かれる施設もあるにはあるのだが。とはいっても進はこれをわかものの温情というよりは「あにまるワールドの食べ物の品質が基本的に高水準すぎる」という理由から来ていると推測していた。

木に生っている実を齧るだけでおじさん達が涙を流すほどに美味しいのだ。こんな世界では逆にまずいものを作ろうという方が難しいのではないだろうか。

子供達も大喜びであった。特にコリスとチュンリーは実質初めて味わうポエトワリンのシャーシャー盛りに笑顔が零れる。

ポエトワリンを食べた後のおじさん達に、進がカップに入った飲み物を差し出す。

「さて、おじさん達には食後の飲み物です」

湯気が立っているそれを見て、ネコミが羨ましそうに近づいてくる。

「えー、ネコミも飲みたいネコ！」

猫の敏捷さを駆使して、ネコミがサッと奪うと、一口含む。だが、すぐに顔をしかめて舌を出す。

「ぐえええ。これなにネコ？　滅茶苦茶苦いネコー。そして熱いネコ!!　おいしくないよー」

そう呻(うめ)いて、黒い液体の入ったカップを秋良に手渡す。

「え？　なにこれ？　苦いって、まさか……」

秋良はその香りを嗅いで、少し驚いた顔をすると、恐る恐る口に運んでみる。

「うわあ……これ、コーヒーじゃん」

酸味があるが、コクのある渋みと苦みが喉(のど)をスッと通るこの感覚、これはまさに現代で何度も飲んだことのある、コーヒーの口当たりであった。

「え？　本当でござるか、拙者(せっしゃ)も！」

「ワシも！」

「はいはい。皆さんの分もコップに注いでますから」

木林も山太郎も次々と進から受け取って飲むとハッと顔を上げる。

「……凄(すご)い。コーヒーですぞ」

「まさしく……なんじゃこれは」

まさかの、コーヒーとの再会に面々は感動と不思議が合わさった感情を抱いた。

「進さん。これ、どうやって手に入れたの？　スタンプにコーヒーなんてあったっけ？」

「いや、これはですね。先ほどのポエトワリンの種の部分を砕いて、それを煮詰めた煮汁を飲んでみたら、なんとコーヒーと同じ味がしたんですよ！」

「ポエトワリンの種子を煮詰めたらコーヒー。凄いな。いや、その事実もそうじゃが、それに気が付いてそこまで実証してみる進君も両方が凄い……」

「いや、まったくだぜ」

「拙者……実はコーヒーは苦手でしたが、現世を思い出すといいますか。あの渋みって、こういうことだったんですね」

　未経験のあにまるワールドの料理を食べた後にコーヒーを飲む。まさに外国で飲む味噌汁のような懐かしい感覚に陥っていた。

「これは先日の新しい家を建てる時と同じことでして。似たもの、代わりのものが存在する、という私の推理から発見したわけです」

「それって、マッチャオの木リス？」

「そうです。世界が違うといってもやはり私達の世界とあにまるワールドには共通点があります。まったく違う所もあれば、似ている所がある、というもの。そろそろそれを見つけていこうかな、と思っているんです。ポエトワリンはまさしくその象徴ですね。実はあにまるワールド特有の料理となり、種はこちらの世界でいうコーヒーの特性を持つ。動物さんが立って話すこの世界を象徴しています」

「おめでとうおじ！！！！！！！！！！！！！！！」

「おめでとうございますますますますます！！！！！！！！！！」

そこまで進が説明すると、おじきちが大きく叫び声をあげて、カンナもベルと首をやかましいほどにかき鳴らした。

「『あにまるワールドの料理を作る　20×2』で、40オジ。更に『代替品の発見【コーヒー】50×2』で100オジ。更に更に数日前の『代替品の発見【冷やヤっこ】』もここで加算してあげるから50×2オジで100。合計240オジおじ」

次の瞬間、ポポポポポポポポポンッッッッ！！！　と、怒涛の勢いで進の腕にスタンプが押されていく。

「うわ、うわっわわわわ」

これまでにない量のスタンプが一遍に押されて進もたまらずひっくり返る。

「ちょ、ちょっと待って。色々待って。な、なんだよこれ」

ツッコミ担当の秋良も当然これは黙ってはいられないが、ツッコミ所が多すぎてどれから聞くべきなのか、照準が定まらない。

「ええと、まず、そうだ、スタンプ！　スタンプが二倍になったんだけど、これって何だよ？」

「あ、言い忘れていたおじ。今日はアップデート記念だから一日、スタンプが倍になるおじ」

「それを早く言えよおおおおおお！！！　ほらああ。絶対に忘れているって言ったんだからああああ！！！！！！！」

スタンプ二倍。しかもそれが今日限定だとしたら、悠長にしている時間はない。

「もう半日は経っておるな。じゃあ、腹ごしらえをしたら今日はスタンプ強化じゃな。各々スタンプ稼ぎをしようかの」

「ですが、1オジを倍にしても2オジですし、それなら10オジのミッションを20にした方がいいですね」

「さっきみたいに50を100にしたら、最高じゃな‼」

「ていうか、まだツッコミが終わってない。ええと、代替品ってなんなんだよ。おいおじきち！」

「代替品は代替品おじ」

これに関しては、その言葉自体で、なんとなく理解出来る気がする。

「ええと。つまり、この世界で、俺達の世界にあったものを代わりに作り上げたら良いってことだよな？　冷ややっことか、コーヒーとか？」

「その通りおじ。カンナがプレイ要素に組み込んでくれたから、感謝するおじ。前回のケモンチョロンの冷ややっこに関してもここで一緒に加算してあげるから感謝するおじ」

「結局それを伝えてなかったら感謝もくそもねえよ」

鬼のような形相でおじきちを睨みつける秋良を宥めながら、カンナが補足説明する。

「そもそも進さんのプレイ速度が速すぎるんですすです。運営の予想するスピードの先に行くから後手後手になってしまいました」

「あ。これは、なにかすいません」

「ええと。じゃああれは？　じゃがいもでポテトチップス作ったけど、あれは違うわけ？」

「あれはギフトで持ってきたじゃがいもを揚げて作ったものだから、ノーカウントおじ」

つまり、あにまるワールドにある食材で、現代のポテトチップスに相当するものを作らなくては、代替品のポイントにならない、ということである。

「ふーん。分かるようで分かんねえって感じ。まあそこは進さんに任せた！」

「任されました！　さあ秋良さん、今は倍スタンプをゲットです!!」

「おう」

代替品に関しては算段があるのだろう。今はまんまと限定イベントに火がついてしまった進に秋良は急かされる。

「うーん、今から達成出来るノルマですよね」

「あ！　俺に考えがある。俺とブタサブロウであるノルマをやらせてくれ！　ヌシ釣りのミッションだ！」

「おお！　ヌシ釣りのノルマでもらえるポイントは50オジでしたね。いいでしょう。では、秋良さんとブタサブロウさんでヌシ釣り。あとは、木林さんとチュンリーさんでシークレットをやってもらおうかな」

「ちゅん？」

「ござる？　ですが、拙者どれがシークレットなのか、毎回分かっていないでござる」

天然なリアクションを見せる木林に進は片目を瞑って答える。

「木林さんはいつも通り活動していただけたらそれでいいんですよ。『あれ？　拙者また何かやっちゃいましたでござるか？』を実践してもらいたいだけですから」

「確かにそれは気持ちいい!!　最高に気持ちいいシチュエーションですぞ。ですが、それこそそんなの狙って出来るものじゃないでござるが。あ、でもチュンリー殿を肩に乗せて島をぐるりと一周してみたかったでござる」

「それです！」

「それでスズメ！」

それ自体がスタンプ適用されるかもしれないし、その行動の途中で何かイベントが起きるに違いないし、とにかく二人には島で動き回ってもらうことにした。

「で、山太郎さんとコリスさんペアは、どうしましょうか」

「ワシらは手堅く、いつも通り日曜大工をやって、コツコツ稼いでおくよ。歩き回る体力もないしの」

「そうですね。あ、でも山太郎さん。少し前から準備していたあれなら、半日でもやれるんじゃないですか?」

「ああ……あれか。おあつらえ向きかもしれんのう」

進があれと言っただけですぐに山太郎も気が付く。アイコンタクトの精度でいうと実はこの二人が一番通じ合っているのだった。

さて。残るは進とネコミペアである。

「私達も何かコツコツしたものを集めますかね。ああ、代替品というのも面白いですね」

「ネコミもススムと肩車して島を歩きたいネコ」

「あっはっは。それもいいですね」

チーム分けをした後は実行あるのみ。それでは、と始める前に進がアップグレードした救急箱から、あるものを取り出す。

「よし、じゃあ景気づけにこれを飲みましょう!!」

おじさん達にひょいひょいと投げると、子供達が興味を持って寄ってくる。

「ネコミも飲みたいネコ!」

「俺も飲みたいブタ」

「あはは。子供にはまだ早いんだよな、これは」

「オサケなのですかスズメ？　それともさっきのコーヒーみたいに苦いんですかスズメ？」

「ちょっと違うでござるが、まあ、これもビールにコーヒーと同じく、おじさんの必需品といえば必需品でござるね」

おじさん達は砂浜に立ち、真上に登った太陽の光を浴びて、瓶の蓋（ふた）をプシュッとねじ開ける。

「よし、今日も一日頑張るぞ！　はたらくおじさん！！！」

そう、手に持っているのは滋養強壮ドリンクであった。

CMよろしく、腰に手をやり、ぐびぐびとドリンクを飲む。

「ブレイブ一撃!!　おじさん島!!」

「おう！！！！！」

「やあ！！！！」

「きえええええぇぇぇぇ〜〜〜〜！！！！！」

気合十分におじさん達は叫んでから、スタンプ倍増のうきうきミッションを開始するのだった。

24　ヌシを釣ろう！

アップデートに伴い、スタンプが倍になるスペシャルデーと聞き、颯爽(さっそう)と砂浜を飛び出してきたのは秋良だった。それを追いかけるのは相棒のブタサブロウである。

「なあアキラ！　スタンプのあてがあるっていっていたブタけど……」

走りながらブタサブロウの言葉に振り返り、秋良は最上級の笑顔で答える。

「ああ、決まっているぜ！　ヌシを釣ってスタンプボーナスをもらうんだ！」

以前、カンナが海のヌシを釣るとスタンプが50オジもらえると言っていた。

「だけどアキラ。今まで一度だってヌシとは、良い勝負すら出来ていないブタ……」

それが、今日一日で釣り上げることが出来るとは到底思えない。

「コツコツとスタンプを稼いでいった方がいいかもしれないブタ」

大人と子供が入れ替わったかのように超現実的な意見を述べるが、それを秋良は鼻で笑い飛ばす。

「ったくよ。まったく、勘弁してくれよな。完全に日和(ひよ)っちまって……。いいかブタ野郎。お前と俺は確かに違う。あにまると人間。そして、子供とおじさんだ。だけどな、全てがまるまる違うってわけじゃねえ」

「本当ブタ？　じゃあ、何が同じなんだブタ？」

「ああ……俺とお前は、等しく漢(おとこ)なんだぜ」

「オトコ、ブタ？　それが、ヌシを釣るのに、一体なにか関係あるブタ？」

「ヌシを釣ることで、俺とお前はロマンを分かち合い、共にして、一つになる。それこそが俺達に求められたシンパシーってこった。な、分かるな？」

「……まったく、分からないブタ」

「うるせえこのブタが!!　さっさと作戦を考えるぞ！」

ブタサブロウの返答を一蹴して、秋良は海を見据えて腰に手をあて、颯爽(さっそう)と立っていた。

ちなみに、今までの戦績はというと。

糸がもっていかれること68回
秋良自身が海に落ちること29回
当然ながら、今日、突然勝利出来る気はしない。

「さて、俺達は何度もヌシの野郎に挑んでいるわけだが。真っ向勝負、正々堂々と真っ向からの真っ向勝負としてたな。どうすればいいと思う？」

「真っ向すぎるんじゃないブタか。力で敵(かな)うわけがないブタなのにアキラはいつも正々堂々といくから負けるブタ」

「おお、凄いいきなり切れ味抜群の俺批判じゃねえかよ。そういうのを聞いているわけじゃねえんだけどよ」

「そもそも、なんでああも、真っ向勝負に拘るブタか？」

きっと秋良なら、格好いいからという返答をするだろうと分かってはいるが、ブタサブロウは一応尋ねる。

「決まってんじゃねえか！　その方が格好いいからだ！！」

「……聞いて損したブタ」

「ていうかブタ野郎がいう、真っ向勝負じゃないやり方ってどんなんだよ」

「……何か、囮を使って、だとか。おびき寄せて、罠にかけて、だとかブタ」

「罠ってどうやるんだよ？　網で捕まえようたって、それこそ破っちまうだろうし……」

「上から石をぶつけたりして、ダメージを与えたらどうブタか？」

「おいおい、こっちが陸上にいるからって安全な所からそんな卑怯な真似してヌシに勝って嬉しいのかよ？　お前だって鳥族と喧嘩して空から石落とす攻撃ばっかりされたら卑怯だって怒るだろう？　自分がされて嫌なことを他人にはするなって、いつも教えているじゃねえか」

「…………あああ！！　もううるさいブタ!!」

自分の意見をいちいち否定されて、ブタサブロウはとうとうブチ切れる。

「俺の言っていること全部否定しやがって!!　そういうんだったらアキラの計画は何かあるブタか？」

「ふん！　聞いて驚けこのブタさん！　俺の作戦はな！『おおきなかぶ作戦』だな!!」

「大きなカブ、ブタ？」

ブタサブロウが聞き返すと、秋良は自信満々に大きく頷いた。

「そうだ。俺達の世界には『おおきなかぶ』という童話があってな。畑に大きなかぶっていう植物がなったから、いっちょそいつを引き抜こうっていう、それはそれは最高にエキサイティングな物語だぜ」

「そうブタ？　普通の農作業の話っぽいブタけど……」

「まあ話は最後まで聞けやこのブタ野郎がボケが。このかぶがそりゃあもう大きくてな！抜くのに、一人では到底不可能なわけよ。最初はジジイだけが頑張って抜こうとするんだが、無理なんだよ。何故かって？　そりゃジジイだからな！！　そのあとババアがやってきて手助けするけどそれも無理。ババアだからだ!!　次に孫のガキがやってきて……と、どんどん仲間が増えていくっていう話だ」

「随分口が悪い童話ブタな」

「まあ、そこらへんは俺のアレンジというか、ほら、あにまるワールド用にアレンジしてやってるんだ」

「そういうのをアレンジとはいわないブタ。余計なことするなブタ」

「まあ、その次に犬公、猫、ネズミって感じで仲間が増えていき、最後は全員の力を合わせてようやくぶっこ抜くっていう話だわな。どうだ⁉　すげえアツい話だろう？」

「まあ、それは確かに真っ向勝負っぽくていいかもブタな」

「よし、それじゃあ早速やってみるぜ‼　『おおきなかぶ』作戦だ！！！」

優しいブタサブロウはなんやかんやで秋良の作戦に乗るのであった。

「よし、まずはジジイだな」

勿論(もちろん)、山太郎が呼ばれた。山太郎も独自のスタンプ集めの段取りがあるだろうに快く承諾してくれて、ブタサブロウは心の中で最大の謝意を送った。

「釣りは久しぶりじゃが、頑張るぞい」

そして、海に向かって竿(さお)を振り、針を落とす。

「ん？　まだどこにもヌシがいないブタ？」

「……いや、ちょっと深くに沈んでいるぞ。ほら、あそこ」

秋良が指さす方角を見るが、ブタサブロウにはそこは何の変哲もない水面としか映らなかった。

「うん、まったく見えないブタ」

「秋良君には悪いが、ワシにもなにも見えん――ん？」

だが、その瞬間である。何もなかった水面がゆっくりと隆起して、やがて海を覆うかのような巨大な影が姿を現す。

「——やっぱり、いたじゃねえかよ。海のキング様よ！」

——すごいブタ。なんで俺にも見えないものが、アキラに見えたブタ？

おじさん達と比べて、あにまるの子供達の方が五感に関しては各段に優れている。ブタサブロウもネコミほどではないが、遠くのものを見る能力に長けているのだが、今回はそのお株を秋良に奪われることとなった。

さて、突如として現れたヌシであるが、それがゆっくりと、だが躊躇(ためら)わずに釣糸の先へと吸い込まれていく。

「食いついた!!」

「ヤマタロウ!!」

「うお！　これはなかなかの力じゃのう」

まだまだヌシは本気ではない。だが、その引きは、筋骨隆々の山太郎でも狼狽(うろた)えるものであった。だが、それも秋良にとっては予想通りの作戦通り。ブタサブロウも快活に叫ぶ。

「よし！　次はババアブタ!!」

「よし、カンナ頼むぜ」

次に控えていたのはカンナである。

「最低です！！　ひどいです!!　何の用で呼ばれたのかと思ったら、おばあさん役だなんて。私はまだぴちぴちの美少女なのに……完全にコンプライアンス違反ですです!!」

「いや、美少女って、24歳だろう？　絶対にもう少女ではないだろうがよ。いや、まあ、これはあれだ。とりあえず『おおきなかぶ』の物語に当てはめてるだけだから、気にすんな。この島で一番年齢の高い女が形式的にやってもらう、ってだけなんだからよ。全てはヌシを捕らえて、スタンプ報酬をもらうためだ！」

「もう、納得出来ないですです！」

プリプリ怒るカンナを宥めながら、秋良は彼女を山太郎の後ろにつかせる。

「加勢しますですです、山太郎さん！」

「おお！　すまんな。うおお、だがやはり力が強いな」

だが、それでもヌシの勢いは衰えない。お前達なんか、いつでも海に落とせるといわんばかりに山太郎達をからかっているようにも感じた。

「よし、次は孫のガキだな。山太郎の爺さんの孫っつったら、コリ坊だ。コリ坊！　頼むぜ！」

「分かったでリス」

元気よく返事をするとコリスはカンナの肩に乗り、ピンク色の髪の一つ結びを引っ張る。だが、それでも山太郎達の劣勢は変わらない。

「うぐぐ。コリ坊が入ってもまだ勝てないか」

「いや、それはそうブタ。コリス、カンナの髪の毛引っ張ってるだけだから。あれでヌシ釣れたらカンナの首が取れるブタ。というか多分今のところ本当に力になっているのはヤマタロウぐらいだブタ。カンナもヤマタロウの腰に低くしがみついているだけで、あまり力が入ってないように見えるブタ」

「うるせえ理屈ばかりこねやがって評論家気取りかこのブタ野郎ボケナスがボケが‼　ええと、次は犬コロだが」

「犬はいないブタ。モリヤマのいるフラワー島にならイヌスケがいるブタけど……」

「ふっふっふ。犬ならここにいるぜ！」

意外と器用な秋良が自分で作ったのだろう、布で出来た犬の耳と鼻を手に堂々と立っていた。そして、その耳と鼻を汗を流してふんばっている山太郎に装着させる。

「なにやっているブタ、アキラ。ヤマタロウに犬の真似をさせているのかブタ」

「ああ、そうだぜ！　なんせ山太郎の棟梁は1958年生まれ、つまり、戌年だからな！！！」

「まったく意味が分からないブタ……イヌドシ？　なんだそれはブタ？」

「まあそれは今度教えてやるよ！　しゃあ‼」

「リス！」

だが、状況は結局山太郎が犬のコスプレをしただけで、何も変わってはいない。色々とどうしようもなかった。

「うおおお！　重いぞ！　重い‼」

「きついですです‼」

ただ、山太郎とカンナがずっときついだけの状態が続く。

「…………」

「……なあ、アキラ。マジで今の犬の件、なんだったんだブタ？」

「よし次はネコだ、猫娘、出番だ！」

「にゃあ！」

ブタサブロウの問いを完全に無視して、ネコミがやる気満々でカンナに爪を立てる。

「ぎゃあ！　痛いですです！」

「こら、なにしてんだ猫娘！」

「爪を立てないとカンナのことがっしり掴（つか）めないネコ」

「ぐ、そうかよし。それなら我慢するしかないわけだな！　最後はネズミ！　ネズミはいないから、リスのコリ坊だな！」

「いや、コリスは孫役もやってるんだから、結局どうしようもないブタ。ていうか、そもそもなんでおおもとの俺達が何もしないで、じいさんや女子供が苦しんでいるのをただ黙ってずっと見ているだけブタ⁉」

「………いや、そんなこと言われても、まあ、それがこの『おおきなかぶ』作戦だからなあ……」

頭を掻きながら天然丸出しで答える秋良に、ブタサブロウは更に言い募る。

「いや、アキラがその『おおきなかぶ』で言いたいのは『一人では抜けないかぶでも皆の力を合わせたら』ってことブタよね」

「ああ、そういうことだ！　そうそう、それそれ‼」

「それなら別にじいさんとかばあさんとか孫とかネコとかネズミとか、そっちの設定は合わせなくてもよくないブタ？」

「………………それは確かに‼　流石はブタ野郎だぜ。俺は『おおきなかぶ』を利用するつもりが、いつの間にか『おおきなかぶ』の世界に閉じ込められてしまっていたみたいだな……こうしちゃいられねえ。俺達も加勢するぜ‼」

電光石火で反省する素直な秋良は、考えを改めて山太郎達に加勢をするため腕まくりをする。

「棟梁待たせたな！　俺達も参加するぜ！　これだけの人数で力を合わせたら。………あれ？　山太郎の棟梁は？　どこにいるんだ？　帰っちゃった？」

見ると、山太郎の姿がどこにもない。一体どこに消えたのだろうかと辺りを見回していたら、呆れたコリスが、秋良を睨んで口を開く。

「とっくに糸が切れて、おじいちゃん一人で海に落ちたリス……」

「あーん。バランスを崩した私を庇って落ちちゃったですです!!」

コリスとカンナが泣きそうな目で、秋良を睨んでいた。


秋良に散々踊らされ、服をびしょびしょにさせた山太郎だったが、基本的にこんなことで怒る人間ではないので「また、何か手助け出来ることがあったらいつでも言っておいで」と笑いながら帰っていった。ただ、コリスはプリプリ怒っていたのは言うまでもない。

「棟梁には悪いことしたなあ。完全に俺の作戦ミスだ！」

「まったく、その通りだブタ」

このまま秋良に作戦を任せていてはいけない。ブタサブロウは自分が考えるしかないと決意した。

「とにかく、竿の強化が大事ブタ。さっきだってどれだけの人数で支えて踏ん張れたところで先に糸が切れたらまったく意味がないブタ。それを確認するという意味では『おおきなかぶ』作戦は甲斐があったかもしれないブタ」

「お、おお……。そうそう。俺はそれを確かめるためにこの『おおきなかぶ』作戦をしたんだ！」

「ヌシは俺達を完全になめているから、餌に簡単にくいつくブタ」

「そうだな。そしてやつは俺達を何度も揺さぶって、海に落とすっていうのがやり口だ」

「それで踏ん張っても糸が切れたらゲームオーバーブタ。だから、とにかく竿を強化しないと勝つ見込みがないブタ」

ブタサブロウの冷静な分析に、感心したようにうんうんと秋良は頷く。

「そうだよな。そもそも俺達にはヌシに立ち向かうための武器が足りないんだ」

そして、秋良とブタサブロウはすぐにコリスの元へと向かうのだった。


「……あれだけ迷惑かけておいて、よくもこんなに早く次の相談に来れるなリス」

「そいつはすまねえ。だけどコリ坊！　何か竿を強化する良い方法はないか？」

「うーん。竿自体はもっと太い枝を使えばいいリスけど、糸は更に太いものを使わなくてはならない……あ、そうだ。この前おじいちゃんと話していたあれを実装するチャンスかもリス」

虫のいい秋良のお願いに最初は難色を示したが、真面目で優しいコリスはすぐにブツブツと呟いて、対策を本気で考えてくれる。

「どうした？　何か良い案があるってのか？」

「……うん。竿はマッチャオの木に生えている太い枝を使いたいリス。あとは強度なツタ。というか、何本かのツタを編んで、更に強固な綱にしないと、切られてしまうリス」

「なるほど。綱だな！　確かに、糸じゃ引っ張ったら切れちまうが、綱だと綱引きも出来らあ！　それじゃあ、それをお前に作ってもらうには俺達は何を調達すればいいんだ？」

「アキラやブタサブロウの使い勝手の良いマッチャオの太い枝を切ってきてほしいリス。ツタを編むのはその間にこちらでやっておくから」

「よっしゃ了解！！！」

てきぱきと指示してくれるコリスに即答して、秋良とブタサブロウも動きだす。

「ったく、コリ坊は本当に立派な職人じゃねえかよ！　今度は俺達とも遊ぼうぜぇ！　あんまり小さいうちにそんな仕事仕事やってちゃいけねえ」

「いやアキラ。俺達がその仕事を頼んでおいて、そんな言いぐさはおかしいブタ」

「あっはっは!!　まあな。いいや。それじゃあ行ってくるわ」

すぐに秋良はブタサブロウと共に森へと散策に入った。

「……太い枝か。それなら、少し太い木の幹とかの方が良いのかな」

「幹だったら丸太みたいになるブタ。流石（さすが）に丸太が竿だと、簡単には折れないかもしれないけど、重すぎて俺達が持てないブタ」

「まあ、それはそうだろうけど、俺とお前と、二人で持ったらいけるんじゃねえのか」

「確かに………」

「よっしゃ！　だから、木を切るぜ」

そういって秋良は斧を片手に近くのマッチャオの木を指さす。

「よし、この木にするか⁉」

「いや、この木は倒してしまうと実がとれなくなってしまうブタ」

「じゃあ、これか」

「いや、この木は頑丈そうに見えて中身は空っぽブタ。中に水分が溜まっているから、水がない時とかは使えるブタ」

「んだよ。なんでそんなに詳しいんだよ」

「俺は元々施設にいた時は、たまに木を切って運んでいたブタ」

ブタサブロウに施設での強制労働を思い出させてしまったかもしれない。秋良は申し訳なさで既に少し泣いていた。だが、ブタサブロウはそれもすぐに理解して笑う。

「お、おお……。そうか。なんか、悪いな」

「気にするなブタ。その知識が今、皆の役に立っているんだからブタ」

「うお。うごごごごご……」

それを聞いて更に号泣する秋良。彼の涙が、先ほどのものとはまた別の種類の感情によって流れるものに変わったことも、ブタサブロウは理解していた。

そして二人で適度な木を探し回り、山の中腹辺りまで差し掛かった時に、良いサイズのものを発見した。

「これが良いブタ。大きさも丁度良いし、硬さに頑丈さも申し分ないブタ」

「よっしゃ切るぜ!!　切るぜ切るぜ切るぜ！！！」

「アキラ。ちゃんと切る方向を考えないと駄目ブタ」

ブタサブロウに注意され、これでは一体どちらが子供で大人か分からない。だけど、秋良もブタサブロウも楽しそうにゲラゲラと笑っていた。

さて、木も探してきて、コリスの元に帰ってきた二人。その頃にはコリスもツタを編んだ綱を完成させていた。

コリスが木をナイフで削いで形を整え、それにツタを結び、新たな武器である電動ドライバーを使い、手元に何か道具を装着させたと思ったら、そこにツタをクルクルと巻いて取っ手を調整してから、秋良に手渡す。

「よし、出来たリス！！！」

「おおおお！！！　たくましい竿じゃねえか！」

「完成ブタ！　なんかすげえ！」

それは、従来の釣り竿を格段に太く、硬く強化したものであった。

「よし、これを伝説のモリアキラ一号と名付けるぜ！！！」

「ずるいブタ！　俺の名前が入ってないブタ!!　ブーブーサイクロン三号がいいブタ！」

「なんで三号なんだよ。良いんだよここは俺の名前で!!」

「言い合いはやめるリス。この竿には更に新しい機能をつけたリス」

「新しい機能？」

「手元のハンドルを見てほしいリス」

コリスに言われた部分を見ると、確かに竿の持ち手の少し上に、大きなハンドルが付いているではないか。秋良はそれを見て、合点がいった。

「これって……リールじゃねえか！！？？」

そう、先ほどコリスが装着させたものは長いツタを巻き取るためのリールだったのだ。

巻き取り自体は電源ドラムぐらい大きいので、実際に使用する場合は、秋良が竿を持ち、ブタサブロウが巻き取りの取っ手を握ってツタの巻き出しを調整するようにとコリスから助言をもらう。

「おお、見事に出来たのう、コリス」

そこに丸太を担いだ山太郎がやってきた。

「悪いな山太郎の旦那。さっきからちょくちょくと呼びつけちまって。これも棟梁がコリスに教えてあげたんだろう？」

「ん？　なんのことじゃ」

秋良が頭を下げて礼を述べるが、山太郎は何のことかと目を丸くする。

「いや、このリールをコリスに教えてくれた……」

「いや、ワシは特に何も助言をしておらんのじゃよ。それはコリスが自分で考えて、完成させたものじゃ」

「マジかよ……」

リール付きの竿があにまるワールドにあるかどうかは定かではないが、確実に子供達にはそんな知識はないはずである。それを一から作ったとは……。

「とんでもねえなコリ坊！」

「あああああ、アキラ痛いリス、痛いリス」

頭をグリグリ撫でられるコリスを見て、最高に誇らしげな顔をして頷く山太郎だった。

「サンキューコリ坊！　これでヌシを絶対に釣ることが出来るわ。もう頼み事しないから。次に来る時はヌシを担いで帰ってきた時さ！　山太郎の旦那達のスタンプ稼ぎを邪魔しちまったからな。その分も俺達が取ってくるからよ」

「いや、気にしなくていいぞ。ワシらは既に１００オジ。それの倍だから、２００オジ稼いでおるからの」

「は⁉　マジ⁉　すげえ‼」

この短時間で１００オジのミッションとなると、かなりのものである。

「え？　裏技？　この短時間に家でもおったてたってのか？」

「いやいや。実は進君からアドバイスを受けたのじゃがな。橋じゃ」

「橋？」

「ほれ、あそこじゃ」

　山太郎の指さす森の奥を見ると、確かに小さな丸太造りの橋が出来ているではないか。

「おお、本当だ。橋が架かっている。あそこは少し遠回りしなくちゃいけなかったから、これは助かるぜ！」

「そうじゃ。さっき秋良君が言った通り、これはちょっとした裏技じゃな。橋を作ると、なんと100オジもらえるのじゃ。家を建てても50オジなのに、インフラ設備の方が島全体の発展としては一つ大事、という意味合いの数字じゃろうかのう。これを利用しない手はないとばかりに、着手しているのじゃ。新しく手に入った丸鋸を使えば、材木も格段に加工しやすいからの」

「いや100オジ⁉　すげえな！　だけどそんなにお得なんだったらなんで前からやっておかなかったのよ？」

「結局、あそこに橋を架けてもそう頻繁に使用するわけでもなかったからの。じゃから進君にはスタンプ的に橋はおいしくても、優先順位的に家造りを先にしてほしいと頼まれておったのじゃ」

「なるほどな。流石（さすが）は進さんだぜ」

冴えわたる経営手段。進はそこまで考えているのだ。そういえば「魚を釣る」ことにも、秋良自身、食べきれない、意味のない魚釣りはやらないと決めていて、ブタサブロウにもその意味はしっかりと言い聞かせている。勿論（もちろん）、スタンプを少し稼ぎたい時はキャッチ&リリース等をしている。なんだかんだで何も話していないのに進と気持ちを一つにしていたのだ。

「まだ材料はあるからのう。これからもう一つ橋を架けるくらい余裕じゃよ」

そう言って元気よく橋の部材となる丸太を持ち上げる山太郎を見て、秋良はふと疑問を抱く。

「ていうかさ山太郎の旦那。さっきあんなでけえ魚の相手をさせておいてこんなこと言うのも今更なんだけどよ、腰平気なの？」

「いや、それがのう。なんだか今日は調子が良いみたいでの。身体の中心がどっしりとしている、というかのう。腰だけ若返ったような感じなんじゃ」

「……ふーん。でもそう言って調子に乗ってギックリ腰になるなんて御免だからな。格好つけてチュン子を庇（かば）って腰が終わった木林さんみたいになんなよな」

「がっはっは!!　心配ありがとうな!!」

憎まれ口に礼を言い、軽々丸太を運ぶ山太郎は、確かにいつもより大きく見えた。

「ていうかさ、それなら俺達もそっちを手伝うよ。どう考えても橋を沢山作る方がその名の通り建設的だし」

「何を言っておる。秋良君はヌシを釣るのが先じゃろう？」

「いや、だけどよ。そっちの足ばかり引っ張っちまって結局こっちが何も出来ないより……」

そう、秋良は反省していたのだ。今日はアップデートの二倍デーなのだ。皆を巻き込んで、釣れるかどうかわからないものに時間を費やすべきではないかもしれない。そんな、弱気になった秋良の肩に手を置き、山太郎が語りかける。

「勝てるかどうか分からない闘いに本気で挑む――それが、漢のロマンじゃろう？」

「山太郎の旦那……」

そう言って片目を瞑る山太郎に秋良はグッと背中を押されるのであった。

「よし、分かった。ヤツが逃げ込んでくるかもしれないから、新しい橋にコリ坊が編んだ頑丈な網でも仕込んでおいてくれよ」

「任せとけ！」

秋良とブタサブロウは新たな竿を手にして、再び釣り場に戻ってきていた。

「よっしゃ！　二人の力を合わせて釣れるってところも最高に格好良いじゃねえかよ。よし、見てろよヌシ！　今度こそ絶対にお前を釣り上げてみせるからな‼」

「絶対やってやるブタ！」

勢い勇んで海に向かうと、すぐにヌシの巨大な魚影を見つけた。

糸を水面に落とすと、余裕を見せてすぐに食いついてくる。

「咥えたぞ！」

「覚えておけブタ。その余裕……その甘さ、その油断が、今日お前自身を捕らえることになるブタ……」

グッと腰を低く構えると、秋良はすぐにいつもの重さを感じる。左右に振られながら、力比べを行うが、まだヌシは一割の力も出してはいない。

そして、そこから徐々に力を込めてゆっくりと沖に向かって糸を引き始める。その様子を竿伝いに察知した秋良が、ブタサブロウに向かって静かに指示を出す。

「よし。あいつは俺達をさっきみたいに海に落としてやろうと考えている。だけど俺達の武器は確実に先ほどとは違う。なんだと思う？」

「ツタの長さを調整出来るブタ」

「その通り、大正解だブタ野郎。あいつは俺達を引っ張っていると思っている。すぐに落ちるとな。いいか、ツタのテンションは保ったまま、あいつが引っ張れば引っ張るだけ、ツタを伸ばすんだ」

「分かったブタ」

ブタサブロウはリールのハンドルをしっかりと握りしめながら、ゆっくりと回転して、巻かれているツタを送り出した。この匙加減が難しい。あまりこらえすぎると竿自体にヌシの力が伝わり秋良も前に引っ張られてしまう。かといってただフリーにするとツタが緩んで、巻き取りドラムの中で絡まってしまう恐れがあるのだ。

引きながら、伸ばす。テンションを保ったままそれを実行することにブタサブロウは集中する。楽にヌシを沖には向かわせない。少しでも体力を削ってやる。

しばらくすると、ヌシは随分と遠くまで離れてしまった。

「かなり遠くまで行ってしまったブタ」

「大丈夫だ。俺にはしっかりと見えている」

まただ。また、ブタサブロウでも確認出来ないヌシの位置を、秋良は確実に把握している。偶然ではなく、秋良のおじさんとしての能力が向上しているのだ。いや、おじさんとしては退化している、のかもしれない。

「まだ俺達とあいつの絆は切れちゃいない。針とツタで繋がっている限り、チャンスはある」

何度もヌシと対峙して、秋良には分かったことがある。それはヤツに普通の魚以上の知能があるということである。

そこを逆に利用するのだ。知能があるということは、好奇心があるということである。

いくら引いてもターゲットが海に落ちてこないという、普段とは違うこの状況を不思議に思い、ヌシはきっとまた戻ってくるだろう。

「いいかブタサブロウ。お前のリールのテンションが緩んだら、あいつが帰ってくる合図だ。感覚を研ぎ澄ませろよ！」

　その指示から五分ほど経(た)って、ブタサブロウのリールがかすかに緩んだ。

「きたブタ！」

「よし‼　引くぞ！！！！」

「了解ブタ！！！」

　竿を押さえながら秋良も加勢して、二人でハンドルを回してリールを巻いていく。

　すると、ほんの少し、小さな波紋だが、ヌシの動揺が伝わってきた気がした。

　今回は何か、いつもと違うようだ。この時点でヌシは逆に振り切ってしまえばよかったのだ。それだけの力はあるし、ツタの長さにも限界がある。

　常勝のヌシにはそれを理解するまでの経験がなかった。好奇心が勝ってしまったのだ。

「へへへ、ヌシよ。お前の考えていることは手に取るように分かるぜ。陸地が増えたのか？　あの間抜けな人間とあにまるが海を渡っているのか？　どっちも違う。糸が長くなったんだよ。それを確かめに来てんだよな」

　それからは根競(こんくら)べである。

いつもなら引っ張れば力比べで負けて秋良達が海に落ちてしまう。だが、引っ張れば引っ張るだけ糸が伸びて、ただヌシが水の中を走らされてしまうだけなのだ。

そして、そこでとうとう焦りが生じてくる。自分はこのまま針を咥えたままなのだろうか。そのストレスを見抜いて、秋良はクイ、クイ、とおちょくるように竿を引いてみせるのだ。頭に血が上ったヌシは思い切り引っ張り返して秋良を海に落とそうとするが、その時はスムーズにリールを緩められ、ただヌシは沖へと猛スピードで発進するだけとなってしまう。その攻防を一時間、二時間と、根気よく続けた。

秋良とブタサブロウは絶対に功を焦らないと決めていた。チャンスは一度しかない。それをものにするために、何度も何度もヌシとの持久戦に耐え続けた。

竿は折れない。糸も切れない。あとはヌシが疲れたところを捕らえるのみ。そんな未来がヌシにも見えたのだろう。その時、彼は生まれて初めて恐怖したのだ。

その瞬間、ヌシは逃亡に全ての力を注ぎ込む。

「うわ‼ 引っ張られる！！ ヤツめ、勝負を決めにきたぞ！ 凄い力だ！ ブタ野郎、リールを緩めろ！」

「了解ブタ！」

だが、今度はヌシの行く場所が違う。今まではずっと沖へ向かっていたのに、陸地に沿って泳ぎだしたのだ。

「やばい!!　あいつ、河口に逃げるつもりだ!!」

海ではない、森へと続く河口に入ってそのまま突っ切るつもりなのだ。

「どこまで頭良いんだよ。あの中に入っていけば森だ。リールを緩めてツタを伸ばしても、沢山生えている木に引っかかって、もうまともに巻けなくなるのを狙っているんだ!!」

更に森の中を引きずり回されたら、木が障害物となり、秋良達自身も身動きが取れない。機動力が失われたのを見計らって、ヌシはその隙(すき)に海に逃げるつもりなのだ。

「クソ!!　どうしたらいいんだ！」

「あと少しってところまで追いつめたブタのに!!」

「アキラ、ブタサブロウ、大丈夫リス！」

そこでコリスの声が響いた。

見ると、河口付近に橋が架かっているではないか。

「橋の上に乗れ秋良君！　そして、逆におびき寄せるんじゃ!!」

山太郎の叫びに秋良は力強く頷(うなず)く。

「ありがとう山太郎の旦那。…………よく、約束通りこんな短期間で橋をこさえてくれたな。まあ、流石(さすが)に網を張るまでは…………」

「仕込んだぞ」

「……マジかよ」

どうやら、山太郎の言う通り、腰の調子は万全だったようだ。ヌシは橋の下を突っ切ることは出来ずにそのまま網に突っ込んでいった。暴れれば暴れるほど、網が絡まり身動きが取れなくなったヌシは、やがて抵抗するのをやめた。

「これはコリスが編んだ網とはまた一つ違った品でな。屋根や遊び場のネットとして使おうと開発していた、沢山のツタを編んで強化した網じゃ。ワシが全力で引き裂こうとしても傷一つつかなかったから、折り紙つきじゃ」

山太郎が自慢げに胸を張る。長い戦いの勝敗が決して、秋良とブタサブロウは雄たけびをあげた。

「やったああああ!! ヌシを釣ったぞおおおお!」

「捕まえた、だけどなブタ」

いつの間にか周りには他の住民もやってきていた。全員が秋良とブタサブロウに歓声を送るのだった。皆の力でゲットしたヌシ。まさに『おおきなかぶ』作戦の成果であった。

「おめでとうございます。『ヌシを釣り上げる』のノルマ達成ですです! ボーナスは50オジ×2で、100オジ差し上げますます――♪」

カランコロンというベルの音と、カンナの黄色い叫び声が、晴天の空に響き渡った。

◇　◇

巨大なヌシを見て、進が開口一番に言う。

「よし！　ヌシを調理しましょう！！！」

「そうだな。折角（せっかく）死闘を繰り広げて釣ったヌシだ。皆で食べてやってくれよ」

秋良とブタサブロウが神妙な顔で頼むと、他の皆も一斉に頷（うなず）いてくれる。

「大きいですねえ。よし、まずは刺身にします!!」

「マジで!?　刺身最高じゃん!!」

「ビールがすすみそうですぞ!!」

「任せとけ！　今日のビールはキンキンに冷えているぜ!!　500ml缶もあるからな」

今までは食あたりなどの危険性を考えて、刺身は控えていたが、魚に関しては色彩はともかく、見た目や味は実は一番現実と近い存在なので、問題はないだろう。

砂浜に簡易で作った大きなテーブルの上にヌシを置くと、調理を開始する。

木林から借りたペットボトルの蓋（ふた）を使って鱗（うろこ）を取ると、内臓とエラを取り、腹の中を水で流して、頭を落とす。手際よく三枚におろし骨を取っていき、皮を剥（は）いで柵にする。

「脂が乗っていて、綺麗な柵です。では、いただきます」

進はそのままス、と包丁を入れると、肉厚な身を切っていき、皿に盛りつけておじさん達のテーブルへと運ぶ。

「お刺身です。まずはこれをつまんでいてください」

「ひゃっほう！！！　刺身だって!!　最高じゃねえか！」

「まさかこの世界で刺身にありつけるとは、思わなんだ」

「拙者、刺身大好きでござるぞ!!」

大はしゃぎのおじさん達が今回使うのは、現実側の調味料である、醤油とわさびを小皿に落とし、箸で身を摘んで、秋良が感慨深く見つめる。

「………良い闘いだったな、ヌシよ。ありがとうな。俺の血となり肉となり、生きてくれ」

死闘を繰り広げた当人同士の熱い会話の後、その身を口に入れた。

「！！！！！！！！！！？？？？？？？」

次の瞬間、歓喜の叫び声が砂浜に響き渡った。

「うううううううううううう美味い！！！！！！」

秋良はすぐにもう一枚刺身を取り、口に含む。

「なんというか、柔らかいのに弾力があって噛み応え抜群っていう、刺身の良い所全て含んだような身じゃねえかよヌシ。噛めば噛むほど甘味が口に広がって、醤油とわさびとの相性最高。あああ！　こんなの絶対ビールにあいまくるぜ!!」

そう宣言するやいなや秋良はビールを呷る。ゴクゴクと極上の音をたてるその喉元を、木林がゴクリと唾を飲んで見つめる。

「…………！！！　プッッッッハアアアアアアアア！！！！　やべえ!!　世界を超越するぐらいうめえ！　努力と友情と勝利の味だわ！！！　うま！！！！」

「せ、拙者もいただいていいでござるか？」

「当たり前だよ」

「で、では。パクリ。…………………………………ッッッ！！！！？？？？？

美味い！！！！！！！　美味いでござるぞおおおおおおおぉおぉおぉおぉおぉお！！！！！」

「うおおおお！　美味いなこれは確かに。これはなんじゃろうな。ブリの身を優しくして、サーモンの甘さと艶めかしさを足したような、それでいてさっぱりとしている……………」

ヌシの味をなんとか表現しようとするが、やはりあにまるワールドの食材なだけあって、なんとも形容しがたいものがあるようだ。

「どちらにしても、滅茶苦茶美味い。刺身を食べたらビールが止まらねえし、ビールを飲んだら刺身が止まらねえ!!」

「ループものですぞ。拙者達は刺身とビールというループにとらわれてしまったでござる」

とにかくおじさん達は美味い美味いと、刺身にバクバクと食らいつくのであった。

そして、あにまるの子供達はそんなおじさん達の様子を遠巻きに眺めながら戦々恐々としていた。

「……おいおい、見てみろよアキラ達。魚を生で食べているブタ」

「………大丈夫でしょうかスズメ」

「おじいちゃん、死んじゃわないかなリス。大丈夫かなリス？」

あにまる達に生魚を食べる習慣はない。猫族のネコミですら、心配そうにおじさん達を見つめていた。そんな子供達の視線に気が付いた秋良が笑顔でブタサブロウを呼ぶ。

「お、何やってんだよブタ野郎！　ほら、お前も食べろよ。頑張って戦ったんだから、美味しくいただくのが礼儀ってもんだろうがよ」

「い、いやだブタ！　そ、そういうの強制するなブタ!!」

本気で嫌がるブタサブロウに、進が助け船として、新たな一皿を差し出した。

「さあさあ、あにまるさん達にはソテーにしたものがありますよ。ええと、これはパンダさんから伺った、赤と黄色と紫と緑を足した、パミルジャガリンソースです」

「え⁉　パミルジャガリンのソテー⁉　ネコミ大好きネコ‼」

すぐに子供達も自分達に用意された料理に食らいつくのであった。

おじさんにはおじさんの味付け、あにまるにはあにまるの味付けがある。手間が増えるが、進は嬉しそうにそんな作業もこなしていく。


進の料理はまだ続く。

「カマを焼いて、塩で味付けしました」

「うま！！！」

「臭みもなく、頬の辺りがトロッとしていて、最高でござる！！！」

「酒のあてにあうなあ。最高じゃわい」


「アラを入れて、味噌汁にしてみました」

「うおお！　うまあああああああああ！！！」

「ああーーーー。これは出汁もとれて、旨味が凄い」

「美味しいしあったまるし、最高に落ち着くのう」

次々と出てくるヌシの料理におじさん達は大満足。それも刺身やカマに味噌汁と、懐かしいメニューだから、おじさん達の心臓を真芯から撃ち抜くのだ。

更にそこに追い打ちをかけるように、進がある一品をテーブルに置いた。

「さあ、これも食べてみてください」

そこで出された料理は魚ではなく、小さな丸い実が串に五本ほど刺さったものであった。

「え？　これは？」

「うそ、でござる」

「ま、まさか……」

こんがりと焦げ目のついた丸い実を、秋良は一つ食べる。その瞬間、口の中に広がる熱いジューシーなその塊は、まるで………。

「……やきとりじゃん!!」

「私とネコミさんとで森を散策していましたら、見つけた実です」

「マンヌカンの実ネコ!!」

小さなさくらんぼのような実が重なり合ったものがマンヌカンの実なのだが、まさにそれが、鶏肉に類似した味だったのだ。

「じゃあ、やきとりの代替品ってことでござるな！　うほおおお!!　美味（うま）いでござる－！！」

「刺身にやきとりとは、もうここはほとんど日本みたいなもんじゃなあ」

アップデート祭りは最後に宴会で盛り上がり、皆満足の最高の出来で終わりを告げたのだった。

今回の成果

一位　山太郎、コリス組

「橋の建設」が二つで100オジ×2×2　400オジ

二位　進、ネコミ組

「代替品【やきとり】の発見」50オジ×2

「ヌシを料理する」50オジ×2　200オジ

三位　木林、チュンリー組

「あにまるを肩車して島を一周スキップ」50オジ×2

「島を一周してすべてのゴミを拾う」25オジ×2　150オジ

四位　秋良、ブタサブロウ組

「ヌシの釣り上げ」50オジ×2　100オジ

結果を知って愕然としたのは秋良である。

「え、結局俺達がビリなのかよ⁉　ヌシの料理って、まあ、進さんが達成したノルマになるわけか」

「秋良君。点数ではなく、ロマンじゃよ。ロマン」

「堅実に橋を建てて４００オジも稼いだ人に言われると、猶更何とも言えねえな」

しかも、山太郎とコリスは途中、秋良達に何度も呼ばれた上でのこの結果である。

「アキラ。それでもヌシが釣れてよかったブタ！　俺、ロマンが分かったブタ」

そう言って笑ってくれるブタサブロウがいる。それだけで、秋良は大満足であった。

秋良達が釣ったヌシの料理で盛り上がっている皆を見て、カンナもビールに口をつけるのであった。

「ていうか、おじきち。近くにいるか？」

「いるおじ」

これだけどんちゃん騒ぎをしている場所にいないはずがない。秋良が呼んだ瞬間に、ぽわんと空中におじきちが姿を現す。

「お前、アップデートでまだ言っていなかったことがあるだろう？」

「うん？　ちょっとよく分からないおじ。でもボクはもう大丈夫だと信じているおじ」

「お前がお前を信じているかどうかはどうでもいいんだよ」

　ギフトの強化。あにまるワールドスタンプブック、ノルマの代替品の追加。アップデート記念スタンプ倍増キャンペーン。これだけでもかなりの大幅な要素に溢れている。だが、これだけではない。

「……多分、おじさん自身の強化もされているブタ」

　そこで、ブタサブロウが口を開いた。コリスも気が付いているのだろう。ブタサブロウの言葉に頷く。

「アキラは目が、おじいちゃんは腰が良くなっているリス」

　それに関しては思い当たる節があった。秋良はおじきちに直接確認する。

「だよな。おいおじきち、本当か？」

　問われると、おじきちは自信満々に頷いてみせる。

「本当おじ。おじさん達のステータスもアップデートされたって、伝えたはずおじ」

「いやいやいやいやいや、絶対伝えてねえから」

「いや、言ったおじ。（おじさん達と）ギフトを強化したって」

「括弧書きで何が伝わるってんだよ！！！」

　秋良は鋭くツッコミを入れるが、おじきちは例のごとくしれっとした顔でプカプカと浮いている。

だが、これで謎が解けた。何故山太郎が軽々と丸太を持てたのか、秋良がヌシの位置をすぐに視認出来たのか。

「っていうか、マジでこれ『おじさん』としては退化してるって感じだけどいいの？　要は若返っているわけだからさ」

「うおお！　じゃあ、拙者も何か強化されているのかもしれないでござるぞ。まさか!!　先日終わってしまった腰が治って――――いないでござる。まだ全然痛むでござる。あ、じゃあ秋良殿みたいに目が良くなって――――もいないでござる。普通に眼鏡外したら何も見えないど近眼のままでござる！」

希望の眼差しが一瞬で絶望に変わる。自分だけ何も付与されていないことを知り、木林は膝から崩れ落ちる。

「……また『木林外し』が始まったでござる『木林』は『森』じゃない。いくら願っても『森』にはなれない……でござる」

「木林さん。落ち込まないでください。私も特に身体的能力は上がっていないないですよ」

「その通り。ススム自身は特にどこもよくなっていないおじ」

「ほら、そうですよね。秋良さんと山太郎さんが特別なのでしょう」

木林を安心させるため、必死に宥める進だが、おじきちはまったく空気を読まずに進についての強化を伝える。

「だけど、ススムのスーツが強化されているおじ」

「え？　スーツ、ですか？　あれ、本当ですね!!」

よく見ると、スーツが前に比べて上質なものに変化しているではないか。色はグレーのままだが、光沢がついて気品が溢れるものとなっている。

「更に、生地に伸縮性があって動きやすくなっています。高級感と機能性、どちらも兼ね備えている、最高のスーツです！」

「それだけじゃないおじ。胸ポケットを見てみるがよいおじ」

「胸ポケット？」

スーツの胸の部分を確認すると、ポケットに何か入っている。取り出してみると、長方形の手のひらに収まる大きさのカードの束が、小さなクリアケースに入っていた。

「これは……」

そのカードには「おじさん島　代表　森進　年齢42　職業サラリーマン（総務部）」と印字されていた。これぞまさしくおじさんの、進にとって見慣れたものだった。

「名刺じゃないですか」

「そうおじ。それこそおじさんにとっての三種の神器と知ったから、アップデートで手配することにしたおじ。とりあえず島リーダーに配ることになっているおじ」

「へー、おじきち、これは案外気が利くじゃねえか。っていうか三種の神器って、他には何があるんだっけ？」

「あとは、ネクタイとビールと栄養ドリンクとスポーツ新聞とゴルフクラブと駅のホームでゴルフクラブの代わりにするビニール傘とかおじ」

「全然三種じゃねえし」

「ですが、これは嬉しいですね！　なんだかこの世界に、この島に認めてもらえたという感じがします！」

自身ではないが、装備の大幅な強化に喜び、名刺をキラキラした瞳で眺めていた進だが、隣の木林の暗く、重い気配を察知してハッとする。

「…………」

「あ、あの……木林さん。そ、その……」

「…………やはり、拙者は一人だけ『森』ではなく『木林』だから、拙者だけ強化されないでござるんですな。『木林』差別でござる……。うううううううぅぅぅぅうぅうぅうぅうぅうぅうぅ〜〜〜」

自分だけ何も付与されていない悲しさにおいおいとむせび泣く木林におじきちがまあまあと、声をかける。

「心配するなおじキバヤシ。キバヤシにも当然、強化を与えているおじ」

「え！！？？　本当ですか？」

「うんおじ。ボクはキバヤシだけを差別するような真似はしないおじ」

「あの、おじきち殿。では拙者には一体何を与えてくださったのでしょうか？　走る速度が倍になる？　敵の攻撃から身を守るバリアとか？　3WAYショットやホーミング弾が可能、まさか、レーザーにオプションまでついちゃったりでござるか⁉」

一気にテンション激上がりの木林を微笑ましそうに見つめながらうんうんと頷き、おじきちは彼の強化された能力を伝える。

「ビブラートおじ」

「……？　え？　オブラート？　拙者が相手に直接的に無作法な話をしてしまいそうになった時にオブラートに包んだ言い回しに自動的にしてくれるということでござるか？」

「違うおじ。ビブラートおじ」

「ビブラート、といいますと、あの音楽用語の？　えーと、どういう意味でござったか？」

「ええと、確か、声が揺れているように歌う技法ですです」

「ちょ、ちょっとやってみてよ、木林さん」

おじきちが何を言っているのか、それが何の強化なのか、ちょっとよく意味が分からないが、とりあえずどういうものか気になった秋良が促すと、木林は緊張した面持ちで、声を放つ。

「拙者（せっしゃ）の唄（うた）を……聞くでござるうううぅうぅうぅうぅうぅうぅうぅうう～～～～～～～～♬」

空間が、揺れた。

その、島全体を揺るがすような見事なビブラートに、そこにいる全員が心を奪われる。

「おお…………凄（すご）いです」

「なんだか、ほわーっとするネコ」

「キバヤシ、格好良いでスズメ!!」

その場の面々が賞賛の声をあげる。木林も照れくさそうに手を上げて聴衆に応（こた）える。

「いやあ、皆さん、ありがとうございます。…………………ですが、これの一体何が無人島生活に役立つでござるか？」

そこで周りの全員が弾けるように笑いだす。本当にその通りなのだ。確かに美しいビブラートを響かせることが出来るようになったのだが、この能力が強化されたからといって、一体何がどうなのだろうか。それは全員が等しく思っていたことである。

「あんまりでござるううううぅうぅうぅうぅうぅうぅうぅうぅう～～～～～」

おじさん島に、木林のビブラートの効いた悲鳴が響き渡るのだった。

25　新居完成＆木林の過去話（カコバナ）を聞こう!!

アップデート祭りから丁度二週間経った日に、とうとう待ちに待った新居が完成した。

マッチャオの木を使ったその造りは実に斬新である。外から見てみると大きな屋根がある四角形の一つの家なのだが、それは内部で更に四分割されていて、入り口が四つあるというものであった。

「本当は大きな一つの家の中に沢山部屋を作ろうと思っておったのじゃが。結局耐震性の関係で、柱や壁で大きく区分けする必要があってな。進君に相談すると、それなら家の中に更に居住区を作ってみては、と言われたのじゃ」

なので、周りから見たら一つの大きな家だが、入り口が四つあって、中には進とネコミとパンダが住む区画、秋良とブタサブロウが住む区画、木林とチュンリーが住む区画、山太郎とコリスが住む区画に分かれているというわけである。

「へえ、要はお洒落なアパートみたいなもんだな！」

「そう。まったくもってその通りじゃ！　アパートじゃ！」

「アパートネコ！」

「食堂は家の真ん中にあるので、どこの家からも出入り出来るようになっています！」

集団生活でも、おじさん四人＋あにまる五匹（三匹と一羽と一頭）で暮らすのと、それを更に四世帯で分けて住むのとでは、意味合いが違ってくる。

勿論、大家族のように暮らして全員を分け隔てなくという案でも良かったのだが、建物の構造上という理由もあり、四人のおじさん、社会人がいるからには、それぞれが責任を持った立ち位置にいることが大切だと思い、家を分け、おじさんがあにまるの面倒をみる形に落ち着いたというわけである。

早速全員で新しい家へと入ってみる。床も壁も木の板を張り付けているが、床は濃い茶色、壁は白く色が塗ってあり、内装もかなり凝っている。

「いやー、俺も一緒に作ったけど、つくづく見返すと、やっぱすげえな。これもう普通の家じゃねえか。いや、山太郎の棟梁は元々やっていたわけだから簡単なんだろうけど」

「そんなことあるもんか。扉や床材だって現地調達で、塗料だってコリスや秋良君達と一緒に考えて、ようやく満足のいく形に出来たんじゃからな」

山太郎が悩んで煮詰まっている時にはすぐに秋良が進に相談してスタンプで対応したり、ブタサブロウが肩を揉みながらコリスが話を聞いてアイデアを捻り出したりと、ワンチームでやってきた。山太郎にストレスを溜めさせすぎると爆発した時に面倒くさいことは秋良が一番理解していたので、山太郎シフトを完全に敷いた状態での家造りである。

進をはじめ、他の島民も協力し、アップデートボーナスで手に入れたスタンプを惜しむことなく新居建築に対してつぎ込んだのだ。

「それでもまだ２００オジ以上残っていますからね」

現場と財布の連携が取れていたため、無駄なく、効率的にスタンプを使用することが出来て、進もほくほく顔である。

更には家が完成した時にもらえるスタンプボーナスもあったので、結果的に大損害というわけでもない。

新居の完成を祝い、カンナがベルを鳴らして祝福をする。

「パンパカパーン。おめでとうございますます!!　『家を建てる』×４で１００×４＝４００オジを進呈ですです!!」

次の瞬間、進がおじきちの顔のスタンプでもみくちゃにされた。

家の出来栄えによってもスタンプの数が変わる、まさに「出来栄え点」なるものがあるようで、１００オジともなると、かなり上のポイントである。

小屋　20オジ
家（梅）40オジ
家（竹）60オジ
家（松）１００オジ

更に×4というのも、しっかりと家が4分割で、別々のものとして存在していると認められたからである。

家の品質が最高級の100オジをもらえて安心したのは山太郎とコリスで、スタンプ査定で×4がついて、ガッツポーズをとったのは進であった。

「四分割にしたのって、これが大きな理由だったんじゃねえの？」

「あはは。まあ、その通りです」

流石(さすが)は元総務の島リーダー。ちゃっかりしている。

新居の中に入った子供達は目を輝かせる。

「凄(すご)い！　階段もあるネコ!!」

「そこを登った所が、ネコミの部屋リス」

「え？　ネコミだけの部屋なのネコ!?　す、すすすすごい！！！」

早速中に入ってみると、小さな机と椅子、そして赤く、可愛(かわい)らしいリボンがついた布団のかかったベッドがあった。

「素敵……素敵すぎるネコ！！！　夢みたい!!　夢みたいな部屋ネコ――――!!　きゃあああああ！！！」

「あ、その布団カバーは私が縫いましたスズメ」

「俺も手伝ったんだぜ!!」

チュンリーは施設で裁縫をやっていたし、秋良も服飾専門学校に通っていたため、服飾に関してはこの二人（一人と一羽）がコンビを組むことが多かった。

布団カバーにしても服にしても、それを作る度に5オジや10オジと、スタンプが加算されるため、結局はスタンプがコツコツと溜まっていくことになった。

「俺の家にはこの間釣り上げたヌシのでっかい魚拓が張ってあったぜブタ！！！！」

「……拙者の部屋は全てチェックの布団カバー、チェックのカーテン、チェックの壁紙でござる‼　まさにオタクの部屋といった感じで落ち着くでござる！！！」

それぞれが自分の部屋を見て回り、感極まった表情を浮かべていた。

「これがあにまるの家。全員が住む……新しい家」

以前、嵐で吹き飛ばされた家には自分の部屋などなかった。今回はしっかりと一つの家に部屋が幾つか用意されていて、個人の部屋、客間、リビングなど、多種多様に使用することが出来るようになっている。

料理は基本的に調理小屋で進が作って食堂で食べるというシステムなので、キッチンなどはないが、コリスがコツコツと作った家具もしっかりと配置されていて、住むのに申し分ない出来となっていた。

「さて、新居が出来ました記念として、餅まきを行いたいと思います‼」

実際に投げるのは餅ではなく、餅の代替品として進が発見したダイダラの実である。

「まあ、実際に餅まきは上棟が終わった段階、家の枠組みが出来た状態なのじゃが、別に構わんじゃろう!!」

全員で外に出ると、既に屋根の上にはパンダが登ってスタンバイしていた。

「いやいや、なんでパンダが投げるんだブタ！」

「愚問だな豚族よ。我、パンダがこの島の支配者だからに決まっておるではないかパンダ」

妙にノリノリなパンダを見て、皆もそれ以上何も言わずに、パンダが投げるダイダラをキャッチするのであった。ネコミが軽快な身のこなしでゲットし、チュンリーが羽で空中キャッチに成功する。強化されたにもかかわらず、おじさん達ははあはあと息を荒げるだけで、一個も取ることは出来なかった。

それからは家の中に生(な)っている実や果実などを食べながら宴会をして、子供達はかくれんぼをして遊び、新居をたっぷりと堪能するのであった。


そして、家が出来てから四日が経(た)った。一応パンダは進とネコミと同じ家に住むことになった。通称「猫部屋」だが、皆が働いていても、パンダはどこに出ようともしない。

それに声をあげたのはブタサブロウである。

「島の住民になることは文句ないブタ。だけど、パンダにも何か仕事をさせないとダメブタ！　甘やかしは許せないブタ」

なんだかんだいって与えられた仕事はしっかりとこなすブタサブロウが主張すると、それには秋良も同意する。

「まあ、これは確かにブタ野郎の言うことも一理ある。郷に入っては郷に従えは島リーダーの進さんの座右の銘でもあるし、他の子供らにも示しがつかないからな」

追い出すつもりはなくても、やるべきことをやらない者に衣食住を与えるのはおかしいと感じるのは当然である。

「たとえ仮住まいと言ってもこの島で暮らしていますからねスズメ。ゴミ拾いや、食事の準備、片付けなんか、出来ることをやってくれたらいいんですけどスズメ」

「ぐうたらスタンプみたいなものがあればいいんだけどネコ！」

のんびりとした口調でネコミがそう言うと、皆が一斉に笑った。

「キバヤシはどう思うブタ？　このままだと島の皆のストレスが溜まっていく一方ブタ」

山太郎とコリスは別の建築作業をしていたので、会話をしている海岸におじさんは秋良と木林だけである。

そこで木林は予想外に毅然とした態度でこう答えるのだった。

「勿論、皆さまの意見はごもっともなのでござるが。それでも外に出られない者もいるでござる。無理してわざわざ外に出る必要はないと思うでござる」

「キバヤシ」

「木林さん……」

　木林もかつて、長い間引きこもっていたと聞く。その一言は重く、なんとなく、説得力があったので、皆は黙ってしまった。そして、木林の次の言葉を待つ。

「………」

　木林は黙ったまま、木を拾いながらゆっくりと森に入っていった。次の瞬間、秋良が森に向かって大きくツッコむ。

「おじきちかよ！　話の続きは⁉　何か言えよ木林さん！」

　それが自分に向けられた言葉だということに気が付いたのか、しばらくして森の入り口から木林がひょこっと首を出す。

「おろ？　拙者のターンが続いていたのですかな？　拙者もう話し終わったつもりで、呑気に木の枝を拾っていたでござるぞ」

「何してんのさ。当たり前だろう。普通これから回想シーンか、木林さんの自分語りが始まる場面だろうが。申し訳ないけど既に皆興味深々なんだよ」

　秋良の勢いのあるツッコミにまたしても笑みだけを返して、木林は頭を掻きながら戻ってきた。

「ああ、そうでござるか……。ううむ、拙者の過去でござるか。あまり聞いても面白いものではないと思いますでござるが……」

額に汗を浮かべ、苦悶の表情で呻く木林。それに敏感に反応してチュンリーが秋良を睨みつける。

「ちょっとアキラ。あんまりキバヤシを責めないでくださいスズメ」

今にもその鋭いくちばしで突かれそうな勢いに怯み、秋良は両手を上げて敵意のないことを示す。

「いや、聞かせてもらえたら嬉しいなってだけで。まあ、無理にとは言わねえけどよ」

「いえ。ですが、確かに外に出られない者の意見を述べておいた方が、パンダ殿を理解する指針になるやもしれませんぞ。あまりこの島で役には立っていない拙者でござるが、こういう時にパンダ殿の気持ちを代弁することにより、不穏が漂い始めているおじさん島の雰囲気を緩和することぐらいは、拙者にも出来るかもしれないでござる。そう！　まさにマイノリティとしての叫び‼　少数派の苦しみを！！！」

「なんだよその言い方。でも、確かに木林さんの意見を聞いてみたいってのは本当だぜ」

苦笑を浮かべる秋良がそう促すと、木林は重い口を開き、語り始めた。

「ええ。拙者はですな、高校の途中から学校に行けなくなりまして。どうしても行けなかったのです。拙者は都内の鵬正高校という学校出身だったのですが」

「ほ、ほうせい！⁉？　そこって、滅茶苦茶頭良い奴が行く学校じゃねえか」

高校は都内ではない秋良でも名前を知っているほどの全国区の進学校である。

「へえ、キバヤシは優秀なヤツだったんブタね。アキラはブタ？」

「俺は地元のどうしようもない、誰でも入れるヤンキー高校出身だよ。それも、サボって全然行ってねえから、中退したわ」

「へー、あんまり意味が分からない単語が幾つかあったけど、アキラがどうしようもないヤツだったってことは分かったブタ」

「うるせえ!!」

本当は学校で盗難があった際に親友が疑われて、それを怒った秋良が教師と揉めたことで自主退学したのだが、そんなことをわざわざ言いはしない。普段はなんにでも口を挟む彼だが、こういう時には、多くは語らないのだ。

「拙者、小学校も中学校もあまり活発な方ではなかったのですが、それなりに友人もいて、文芸部などに所属して楽しい学生生活を送っていたのですぞ。それが、高校二年生の時、女子の壮大なイジメにあいまして……」

「へ？　女子からかよ。なんだか陰湿そうだな」

顔をしかめて秋良が言うと、真剣な表情で木林も頷き返す。

「そうなのですぞ。拙者、その当時もメガネをかけていたのですが、メガネをとられ、隠されたりしたのです」

「はあ、それはひどいもんだなあ。」

「そうです。更にはズボンを……ズボンを……」

苦痛の表情で言い淀む木林に同情して、顔を歪める秋良。

「ズボンまでかよ！　いや、悪い。それ以上無理して言わなくていいよ木林さん」

「いえ、これを言わないとパンダ殿のためにもならないです。ズボンを、ズボンを腰より上でとめてるからダサいって……腰より少し下におろされ……たでござる」

「……………ん？　お、おう」

「更に、更にでござる!!　拙者の……ま、前髪が長いからって……」

「まさか、髪を切られたのか!?　ひでえことするぜ!!　許せねえ！！！！！」

エスカレートする女子の卑劣な行為に、秋良は悲鳴に似た声をあげる。

「いや、なんだかお洒落なカチューシャでアップにさせられ、更には髭もキレイに剃られて、それから数人の女子に連れられて放課後、ゲームセンターやカラオケ、ショッピングにカフェと、散々連れ回されたでござるうううううううぅぅぅぅ～～～～！！！！」

「………………………………うん？　うん？」

泣きながらビブラートの効いた悲痛な声をあげる木林だが、秋良は何かがおかしいことに気が付き、首を捻りだす。

「完全なる虐め！　集団の女子の恐ろしさ！　そんな拙者を助けてくれようと、渋谷の町で自分の事務所に来ないかと男性が声をかけてくることもあったでござるが……うまく答えることが出来ず。その救いの手を掴むことも出来なかったでござる」

「スカウトね。それスカウトっていうんだ。え？　え？　すげえな木林さん。渋谷でスカウトされるとか。その時から背も高くてスタイル良かったわけだ」

いつの間にか、というか最初から、すっかり話が変わっていた。いや、違っていた。

だが、木林は真剣そのものといった表情で、辛い過去話を続ける。

「あとは、文化祭でもありましたぞ。女子達から顔や髪や制服を弄りに弄られた後に、体育館につれていかれ、舞台に立たされて、なんと！　なんと！　舞台上に並ばされてから、オークションのように、順位などをつけられたでござる！」

「………それ、何位だったの？」

「一位でござる。きっと、キモイヤツ選手権一位でござるぞ！！！　拙者を皆で嘲笑っていたのでござる」

「いや、それは文化祭でよくあるイケメン投票だろうがよ。え、と、もう一度確認していいか？　これって、なんの話してるの？」

「イジメの話ですぞ!!　ちょっと秋良殿！　流石にこういう話の時は茶化さないでほしいでござる！！？？」

「ああ、ごめん。……ごめん、なのか？」

「更にはそれからも、幼なじみから生徒会長、謎の転校生、もう女子という女子からつきまとわれ、もう、女性恐怖症になってしまいましたぞ！！！」

「いやいや……ラノベの主人公じゃねえかよ！」

もうおかしい。絶対におかしい。これは木林のかなりねじ曲がった自慢話ではないだろうかという疑念までわいてくるほどである。

「だけど、木林さんの素材がイケているのは今でも分かるけどさ、性格は昔からそんなんだったんだろう？　それで何で意味なくモテるわけ。それこそマジでラブコメの主人公系だったってこと？」

「うーん、確かに拙者はたいして何もしていないのに、女子殿達が寄ってこられましたね。本当、拙者、何も持たないクソ野郎でござるよ。幼なじみは悪漢に絡まれていたから、情けなくボコボコのボロボロになりながらも立ち向かって庇って逃がしただけですし、生徒会長は、規律規律で自分も周りもがんじがらめになってしまいそうだったので、丁度中免取り立てだった拙者が後ろに乗せて海まで乗せてあげるという非行行為をしたぐらいでござる。それだって結局生徒会長殿には迷惑だったみたいで『あなたのせいで生まれて初めて、校則違反をしましたわ。責任、とってくれるわよね？』と、凄い目で睨まれて。恨まれたのか、それからは目の敵のようにとりしまわれ、挙句は毎日生徒会に誘われるようになったのでござる。…………………ああ。思い出すだけで地獄でござる」

「もう、最高に格好いい系の、力はないけど勇気は最高に持っている、俺が大好きな系統のラノベ主人公じゃねえかよ。木林さん、良すぎかよ」

　ここまで天然が極まると秋良のツッコミにも力が入らない。

「え、と。謎の転校生さんってのは？」

「ああ、謎の転校生さんは拙者達とは違う時間線に乗ってきた、未来の拙者の婚約者だとかいう、完全に詐欺の手口だったでござる。拙者が時間の狂いの影響を受けない特異点だと言って、自分と一緒に世界を救ってだなんて言うから、色々手伝ってあげたでござるけど、最後の最後まで婚約者という詐欺は変えなかったでござる」

「今度はジャンルまで変わっちまったじゃねえか。ＳＦ学園ロマンスじゃねえかよ。で、結局それで木林さんの高校生活はどうなったんだよ？」

「拙者は母上に相談して、地獄から逃げ出したでござる。何も言わずに引っ越して、男子校に転校して。まあ、前の学校で拙者をイジメていた女子達数人が男装してやってくるという特筆することもない、些末（さまつ）な事態がありましたが、友達にも恵まれて、なんとか卒業までこぎつけることが出来たでござる」

　それはすなわちモテてモテて、その境遇から逃げ出したということなのだが、苦々しく語る木林に秋良は何も言えねえ。

「高校を卒業してからは大学にも進学しませんでした。とにかく社会に出るためにバイトを始めてもやはりバイト先で高校の時のように女性からつきまとわれるというイジメにあったでござるので、もういよいよ人と出会わない仕事を探そうと、それで頑張ってプログラマーの勉強をして、在宅受注で生活するようになったでござる。あとは、人と接したい時はオンラインのゲームなどで交流すれば大丈夫でござるし、大体がゲームの中でも拙者と会いたいという女子が数百人いたのですが、全て断ったので問題ないでござる！」

「いや、ゲームの中でもモテてんじゃん。見た目じゃなく中身が素晴らしいってことだろう？　めちゃんこすげえな」

きっと、木林の行動や言動に、全てのモテ要素が滲み出ているのだろう。

ここに来ることになったのもおじきちに善行を目撃されたためだが、木林は駅のホームから線路に落ちた女子高生を助けた英雄である。

「きっとその電車から助けた女子高生も木林さんにその、イジメっつうか、つきまとってきたんじゃねえか？」

「ええ、かなりしつこく名前や連絡先を聞かれたでござるが、一切答えずに帰ってきたでござる」

「くー、徹底しているな」

なんと言ったらいいのか分からない秋良は右手で目を覆い、首を振ることしか出来なかった。

「で、結局、どういう話だったブタ？　何かパンダと関係していたブタか？」

「私は、とにかくキバヤシが不憫(ふびん)で不憫でスズメ。その時私がキバヤシの傍(そば)にいたらそんな悪いメス共、鋭いくちばしの餌食(えじき)にしてやったでスズメ！」

ブタサブロウは話をよく理解出来ていないし、チュンリーは訳の分からない共感を覚えてしまっていた。最悪である。木林の話の所為(せい)で、かなり状況がとっちらかってしまった。

「え？　これをまとめるの、俺の仕事？　進さんは？　どこに行ったの？」

きっと木林はパンダの外に出たくない、働きたくないという思いを肯定するためにこの話を始めたのだろうが、気が付いたらただの遠回しな自慢だけで終わってしまった。

「まあ、何が地獄かは、本人が決めるもん、ってことで、いいすかね……？」

秋良は苦笑いを浮かべながら、木林の境遇に少し同情するのだった。

「ただ、拙者がなによりも嬉(うれ)しかったのは、そういう在宅ワークで、誰とも関わらずに生きようとすることを、母上が認めてくれたことでござるな」

「認めて、くれた」

「そう。それはなによりも安心して、心がホッとするものでござる。あの時、拙者を無理矢理外に連れ出そうとしないでいてくれた母上には今でも感謝しているでござる」

こうは言っているが、きっと木林は誰にも関わってしまうのだ。そして、それによって返ってくる行為に敏感なのである。彼の母はそれも踏まえて木林に合った仕事を勧めたのかもしれない。

「まあ、それがパンダにしっかり当てはまるのかってのはあるけど、大体言いたいことは分かったぜ木林さん。パンダはパンダで悩みがあるってことだろうさ」

「そんな、甘やかしていいブタか？　それなら俺も家でぐうたらして過ごしたいブタ」

「それは俺が許さん」

「そんな、話が違うブタ」

秋良がピシャリと言うと、周りの子供達と木林がドッと笑うのだった。

「うん？　そういえばさっきから何の話をしていたネコ？　パンダがどうかしたネコ？」

ネコミがここにきてきょとんとした表情で尋ねてきたので、秋良は呆れてひっくり返る。

「いや、だから全裸のパンダが仕事も手伝いもしねえから、気に食わねえって話をしてんじゃねえかよ。それで木林さんが過去の辛い（？）話をしてくれて、外に出たくても出られない人（パンダ）がいるってことを語ってくれたんだよ」

「ああ。なるほど。分かったネコ。確かにパンダは仕事はあまり出来ないネコ」

「そうだろう？」

「まだ身体が万全じゃないネコからね!!」

「ん？　どういうことだ」

「あ。これは言っちゃダメだったでネコ。だけど、外には毎日出ているネコ！　あ、これもダメだったネコ」

「ん？　そうなの？」

思わず尋ね返した秋良に、ネコミは少し気まずそうに頷いた。

「そうネコ。今日も朝からススムと二人（一人と一頭）で頑張って、リハビリしているネコ」

◇　◇

森の中を進とパンダが歩いている。ゆっくりと、パンダが一歩一歩踏みしめるように歩く姿を進はじっと見つめている。

「どうですか、パンダさん」

「うむ。良い感じだぞ。そうやってしっかりと我のことを見ておけよニンゲン。我はどこで転ぶか分からんぞ。そんなに離れていて大丈夫か？　我が転んでからでは遅いパンダ？

泣いてからでは遅いパンダ？　もっとしっかりケア出来るようにしなくてはかなわないからな？」

「はいはい。分かりました分かりました」

パンダの言い方に進は思わず笑ってしまいながら、歩み寄って肩を貸す。

「というか、早く住民になってくれたらどうですか？　もったいぶったってどうしようもないですよ」

「パ⁉　何を言っておるパンダ⁉　なんで我がこんなちっぽけな島の住民にならないといけない⁉　それにお前の言い方だと、我がこの島の住民に率先してなりたがっているみたいではないかパンダ」

「おや、あの木の実は初めて見ますね。なんだか小さな豆のようなものですが、食べられるのでしょうか」

「聞いておるのかお前は！」

飄々（ひょうひょう）とした進のペースにパンダ一人（一頭）が慌てている。何故（なぜ）、いつからこうもペースを狂わされてしまったのだろうかと、パンダは後悔とともに疑問に思うのだった。

だが、いつまでも小さな実に気を取られている進を見て、パンダは思わず口走ってしまう。

「……ポトフの実も知らんのか。あれをめいいっぱい鍋に入れて、スパイスの赤と黒と紫と黄色を入れて、長い時間煮込んで食べてみろパンダ。濃厚な味が口中に広がって、気絶するほどの美味しさパンダ」

「へえ。パンダさん、詳しいんですね！」

「あたりまえだ。パンダ族はあにまるワールドを統べるものだぞ。昨日今日この世界にやってきたお前達より、よっぽど詳しいに決まっているパンダ」

「あはは、それはそうですよね!!」

パンダが怒り、進は笑い、リハビリは続けられた。

◇　◇

「怪我の、リハビリ？　え、それじゃあ、別に働きたくないってわけではないブタか？」

ネコミからすっかり事情を聞いたブタサブロウは、自分の早とちりを反省する。

「だけど、パンダはいつも自分は王だから働かないとか言っているじゃねえか」

「あれはパンダの口癖みたいなものネコ。ネコミも一緒に暮らしていたらなんとなく分かってきたネコ。アキラと一緒で、素直じゃないだけネコ」

「なんで突然俺が出てくるんだよ。俺はあんな偏屈じゃねえ」

「アキラと一緒……。なるほど、よく分かったブタ」

「てめブタ野郎。一瞬で分かんじゃねえよこの野郎」

秋良とブタサブロウの言い合いに周りが笑う。だが、木林だけが一人ズウンと落ち込んでいた。

「……拙者、外に出なくてもいいという話を熱弁してしまったでござる。結局、外に出られないのは拙者だけだったということでござる……。一体誰の弁護をしていたのでしょうか……」

地面に座り込む木林をチュンリーが慰め、それを見たネコミはにゃははと呑気に笑うのであった。

早速その日の夜のおじさん会議内で、秋良が進に不満を漏らす。

「いや、パンダのリハビリの件、言っておいてよ、進さん」

「いやあ。すいません。パンダさんからは言う必要のないことだって、口止めされていまして」

「まあ、それなら確かに言いにくいのは分かるけど。まあ、何かあったら俺達だって手伝うからさ」

「ありがとうございます。ですけど、木林さんの昔の話は気になりますね」

昼間の経緯を聞いた進が、興味深々(しんしん)な眼差(まなざ)しを木林に向ける。

「いえいえ、拙者の過去の話なんぞ聞いても面白くもなんともないですぞ。ただの呪われた青春時代ですから」

「ラノベの主人公だよこの人、マジで」

そう吐き捨てながら、嫉妬(しっと)のこもったじっとりとした目で秋良が木林を睨(にら)みつける。

「でも、青春時代はともかく、社会人になってからはプログラマーだったんですよね」

「ええ、ゲームを作ったりしていたでござる」

「へえ、ゲームプログラマーなんですね。どんなゲームに携わっていたんですか」

カンナが興味本位で尋ねると、木林は快く答えてくれる。

「そうでござるな。色々なスマホゲームや、あとは、ウォーウォーウォーシリーズぐらいですかの」

「ウォーウォーウォー!!!????」

突然カンナが叫び声をあげたので、隣にいた秋良も山太郎もその勢いに驚いて飛び上がった。

「うわ、びっくりした。なんだよカンナ突然。なに、そんなに有名なタイトルなの？」

「有名も有名、世界でも数億ユーザーのいる、最高のオンラインゲームですよ!!」

その秋良の問いに答えたのはカンナではなく、なんと進であった。

「そういや進さんもゲーム好きだったか。え、そんなに面白いゲームなの？」

「面白いですよ。特に最新作の『ウォーリアーズウォーマーズウォーⅣ（フォー）』はあに森シリーズ以外はあまりやらない私も一時期はまっていたぐらいですから」

「え？　なんて？　なんだか、ウォーウォーうるせえタイトルだな」

「『ウォーリアーズウォーマーズウォーⅣ（フォー）』。略して『ウォーウォーウォーフォー』です」

「だからうるせえって。略したところで全然うるせえな。略したにもかかわらずうるせえってどういうこと？」

「あるようでなかったオンライン格闘アクションRPGなのです。え？　えーと。まさか、木林さんって、びろぢさんじゃないですか？」

「えええええ！！？？　びろぢさんですか。びろぢ！！？？？？　善裸王（ネイキッドジャスティスキング）のびろぢ！　ええ！！？？　伝説じゃないですか⁉　凄（すご）い！　本物の善裸王（ネイキッドジャスティスキング）ですか⁉」

「あはは――………いやいや、昔の話でござるよ」

「本物！！？？　その反応が本当なら、本当に本物ってことじゃないですすですすですか‼」

　ぎゃんぎゃん騒ぎたてるカンナだが、横で聞いてる進も、実際かなり驚いたように身を乗り出している。

「いやあ、いやあのゲームの秩序はびろぢさん、善裸王(ネイキッドジャスティスキング)に守られていたも同然ですからね」

「……凄い異名だな。なんだよ『善裸王』って書いて『ネイキッドジャスティスキング』って読ませるセンス。イカれまくってるだろう。イカれしかいねえのかよそのゲームには」

「ええと、私はヒーラーのスッスムン二等兵なんですが」

「おや、進殿がスッスムン二等兵だったのですな。一緒にバビロニア神殿のフサンプ神父の便所のすっぽんを探すミッションに行きましたな」

「お、覚えてくれていたのですか⁉」

「あ、あのあの!! 私、武闘家のモリモリ☆カンちゃん(笑)です！」

「おお、モリカン殿でござったか！　モリカン殿とは何度も冒険を共にした仲ではないでござるか！　アシタバ山のウインターサマードラゴンゴーレムに踏みつぶされそうになった時は助けてくれてありがとうございましたでござる」

「えええ!!　覚えてくださったんですかああ。ありがとうございますううう」

「………………完全に立場逆転してんじゃねえか。ヒエラルキーひっくり返って眩暈(めまい)するわ。あと、進さんのハンドルネーム的なヤツが予想以上にダサくて地味にショック受けてる」

秋良も頑張ってツッコミを挟むが、進達の盛り上がりは凄く、まったく意味が分からない会話に、ドン引き状態である。

「えーと。『ウォーウォーウォーフォー』はですね。ボタンで剣を振る、防御する、だけじゃなく、色んなコマンド入力で沢山の技を出すことが出来る、格闘ゲームとアクションRPGが混ざった、素晴らしいゲームなのです。コマンドの数が沢山ありまして、なのでしっかりとした実力に伴う玄人好きのするゲームなのですが」

「まあ、指定のコマンド数が多くなって、それをグラフィックとキャラの動きに割り振っただけなので、一番大変なのはグラフィッカーさんだったのでござるが、それによって、経験値の設定に問題が起きまして……」

「そうなんですよね」

「どういうこと?」

そこをカンナが説明する。というか、説明したくてたまらなく、ウズウズしている。

「ウォーウォーウォーは魔物やNPCウォーリアーを倒して経験値やお金を溜めていくゲームだったんですが、とあるバグで、他のプレイヤーを倒した場合、その数十倍の経験値やお金、更にはアイテムまでゲット出来て、更には追い打ちで相手のアカウントを消してしまう仕様になっていまして……その……」

「はあ。なんとなく分かるぞ。プレイヤー同士の潰しあいが横行するようになるんだな」

「その通りです」

苦々しい表情で進が頷く。

「でも、そういうのって修正すればいいんじゃねえの？　それこそうちの島でもやった、アップデートだよ。オンラインゲームとか、よくあるじゃん」

「そう。拙者も新しい修正パッチを用意してすぐに対応出来るようにしたんでござるが、それをディレクターよりも更に上の偉い方、つまりはスポンサーから止められましてな」

「へ？　なんでだよ。ゲームの不具合を調整してほしくないってどういうこと？」

つまり、と再びカンナが説明を引き取る。

「逆に、それで人気が出てしまったんですよ」

「バグの所為で人気に？」

「ですです。元々格闘ゲームの要素が強いアドベンチャーアクションＲＰＧですから、オンライン対人プレイというのはかなり熱い要素でして」

「ああ、ゲーセンで人と対戦する感じってことね……」

「……古い。それにそれは目の前で筐体を挟んで対戦するから、どちらかというとオフラインです……です」

「そういうツッコミは今は良いんだよ。おじさんなんだから大目に見ろよ。まあ、なんとなく分かったよ。その、実際にいる人を倒せることと、それによってかなりの対価を得られるっていうんで、そこから人気が出ちまったんだな」

「その通りです。ですが、ゲーム内は玄人達が幅を利かせて、かなり殺伐としてしまいましたね」

「そこに現れたのが、こちらにおわします、びろぢ様です」

　そう言って、進とカンナは、間にいる木林に頭を垂れて手拍子を送る。

「でも、そもそも木林さんが開発に関わっているって話じゃなかったっけ？　そういうのやっていいの？　身内は馬券買えないとかのくくりがあるじゃん」

「例えが下世話ですよ」

「うるさい。分かりやすくていいじゃねえかよ。どうせ課金アイテムとか、そういうのもあるだろうから、裏技とかいくらでも出来るじゃねえかよ」

「なので、びろぢ様は強化アイテムも何もつけずに降臨されました。全裸でゲーム内の秩序を守ったのです。だから善裸王っていう異名なんですよ」

「ふーん。全裸の時点で秩序乱しまくっている気がするけどね」

　もう、ファンが全部びろぢを庇って説明してくれるから、秋良は楽だった。

「まあ、木林さんがゲームに入って、水戸黄門的な世直しをしていたって、話だな」

「PKならぬPKB。プレイヤーキラーブレイカーなんです！　無駄な殺生は絶対にしないのが素敵すぎて、SNSで目撃談があると、すぐにそこのフィールドのサーバーがパンクするぐらい、至高の存在だったんですから」

「そうですです。PK（プレイヤーキラー）、PKK（プレイヤーキラーキラー）じゃないんですよ、びろぢ様は!!」

　よく分からない横文字を沢山並べ立て、カンナが震えながら主張する。

「あの最強最悪のPKK、憤怒の亡霊（デバックゴースト）HOZUMIを止めたのもびろぢ様でしょ？」

　――憤怒の亡霊（デバックゴースト）HOZUMI。

　性別も年齢も分からない、最強装備のユーザー。一体いつ寝ているのかも分からないぐらいにPKを狙ってPKをするPKKがいた。それこそNPCを疑われるほどに、連続して三日間の目撃談もあがり、本当に幽霊がプレイしているのではないかということと、その装備が運営側から持ち出された最強装備だったことから、ついたあだ名が憤怒の亡霊（デバックゴースト）である。

　その亡霊を止めたのが、びろぢであるらしい。

　それこそとあるゲーム関係者から出た噂（うわさ）なのだが、当の本人のびろぢがそれに関して一切口を開かないため、真相は分からなかった。

「あははは……お恥ずかしいでござる」

「やっぱり。だから木林さんの口調だとか雰囲気に既視感があったんですね」

　先日、進とカンナが感じていたことは間違いではなかったということである。

「んだよこれ。このエピソードだけで木林さんが主役の漫画か小説一本作れそうなくらい主人公じゃねえかよ」

学生時代はラノベの主人公で、社会人になっても常にヒーローであることを揶揄した秋良の発言に、木林は恥ずかしそうにうつむく。

「いえいえ。拙者は大したことない、ただの引きこもりですから。玄関から出なくても、冒険は待っているでござる」

「うわ!! 名台詞来ました!!」

「感激しますですです!!」

きゃあきゃあ言っている二人。見ると、山太郎は何も理解していないようで、ぼーっと缶ビールを片手に気絶したようにその光景を眺めていた。

「よかった、俺がおかしいんじゃないんだよな」

「………今の話を聞いて分かった点は、木林君がゲーム内で凄い偉人だったということぐらいじゃな」

「俺も似たようなもんだよ。ああ、ところでさ、新居とは別に、家を建てたじゃん。結局あれなに?」

それは元々基礎を作っていた場所に出来たものである。新居と並列して作られていて、勿論(もちろん)秋良も仕事を手伝ったのだが、用途を聞かされていなかったため、それが気になっていたのだ。

「ゲストハウスか何か？　小屋にしては綺麗な造りだもんな。新しい食堂とか、そんな感じか？」

「ああ、あれはのう」

山太郎が含み笑いをして、進を見る。

彼らはまだびろぢの話で盛り上がってはいたが、すぐに山太郎の目配せをに気が付いて、進が笑顔で秋良を見た。

「ああ、あれですか。あれは、子供達の未来のための、居場所です」

「ガキ共の？」

新居以外に、居場所が必要なのだろうか。よく分からずに腕を組む秋良に、進は答えを教えてあげる。

「あれは、学校です。子供達にはこれから、この世界のことを――学んでもらいたいと思っています」

26　学校へ行こう!!

進が今後の島の発展、子供達の未来のためにも推し進めていこうとしていたプロジェクトは、学校だった。

初めはおじさんも子供達もこの無人島生活に慣れることで精一杯だった。生活をするため、スタンプを手に入れるために働くことが目的だった。だが、今では食料も住居も整い、次のステップに進む時である。

それこそが学校。子供達への教育の機会である。

その建物は進がオーダーした通りに作られてあり、広い部屋が一つと、幾つかの小さな部屋が設けられていた。大きな教室の前方には高い机がある。これは教壇だ。そしてその前には生徒が座るための机と椅子が並べられていた。

教室の前には大きな黒板が設置されている。チョークと黒板消しはスタンプで取得したものである。

中に入ると、物珍しそうに子供達がキョロキョロと目を丸くして眺める。

「なんだネコ、これは?」

「皆が座れる椅子と机があるブタ」

「ここで、何をするんですかスズメ」

「椅子や机は僕が作ったんだけど、何をするかは聞かされていなかったリス」

「ふん。ここは教室だパンダ」

何が起きるか分からない。だけど、どこかウキウキした表情で教室を見渡す子供達に、進は告げる。

「ここは今から皆さんの学校です。ここで、いろんなことを学んでもらいます」

「ガッコウ？　ガッコウってなにネコ？」

「私はちょっと聞いたことがありまスズメ。施設と似ていますけど、全然違う場所でスズメ」

「子供のわかものが行っているって、聞いたことあるリス」

「施設の『キョウイク』とは違うネコ？」

「違うんですよ。これからは、皆さんがここで学ぶんですよ」

人間の水準に当てはめることが必ずしも正しいわけではないが、ネコミ達は小学生の年齢である。このまま家の手伝いをさせるように無人島生活の仕事ばかりさせていてはならない、というのが進の考えであった。それは夜のおじさん会議で何度も話し合い、決めたことである。

「勿論(もちろん)、食料調達や島の散策など、手伝ってもらう時間もあります。ですが、七日間に四回、この学校で色んなことを学んでいってください。それが皆さんにとって、とても大事なことなのですから」

これはおじさん会議でも多く議論された部分である。そう、週休一日か、二日か、ということである。

山太郎や木林は土曜日も授業だった世代である。だから、特に疑問もなく、普通に「あれ？　七日間中六日でいいんじゃね？」という案に決まりかけたのだ。そこに異を唱えたのが進と秋良の「隔週週休二日制」世代であった。

彼らが子供の頃そうだったように「第二土曜日と第四土曜日だけ休みにしたら？」という案である。

「いや、そもそも曜日だって、俺達の世界のものじゃねえか。あにまるワールドに別の暦(こよみ)や読み方があるんだったら、絶対にそっちを教える方がいいからな。じゃねえと俺達の文化をガキ共に上書きすることになっちまうから」

そう、鋭いことを言うのは、既に周りから、金髪で口は悪いが実際は真面目で際限なく優しく良い人間であることがバレにバレている秋良である。

「まあ、確かにそれはあるがのう。じゃが、とりあえず指針は必要じゃからな。まず、六日間授業にしておいてじゃな……」

「それで、授業が多いなと思ったら、その時に減らそうというのが拙者と山太郎殿の意見ですぞ」

「そうじゃ。それがいい。あとで減らすというのはいつでも出来るが、これが増やすとなると大変じゃからな。ワシが会社をやっていた際も、見積もりは最初高めに設定しておいて、それから減らしていくようにしておった。でないと最初低くしておいてから、あとで高くすると客は文句を言うからの」

「そうそう。拙者の仕事の納期でもありましたぞ。最初は余裕をもって言われておりましたが、何故か納期が狭まって、デスロードに突入というのがよくあったものでござるー。おそろしや」

「いや、木林さんのそれはまた話が逆じゃねえ?」

　山太郎と木林の「完全六日制コンビ」が息を合わせて提案するのに対して進と秋良も協力して戦おうとするが、二人ともここであることを思い出す。

「そういえば、実際私も小学校の頃は週六日制だったような……」

「えーと、俺の時はどうだったかなあ。いや、俺は小学校の途中で一ヶ月に一回土曜日が休みになって、中学で第二第四土曜日が休みになったんだよな」

　進が１９７８年、秋良が１９８３年生まれである。１９９２年に第二土曜日が休みとなり、それから三年後の１９９５年に第二第四土曜日が休みとなり、２００２年に完全週休二日となった。すなわち、進も秋良も途中までは完全六日制だったわけである。この四人の誰もが基本的には六日制経験者ということではないか。

「なんじゃ、別に対立する必要もなかったではないか」

そこで、決まりそうになった。の、だが。ここで思わぬ伏兵が現れる。

「えーーーー!!??　古い古い古い！　古いにもほどがありますですよですよ」

結局、全てを蹴散らしたのが、平成生まれ、完全週休二日制、要は完全学校週五日制世代のカンナである。

「えー？　今更土曜日に授業とか、古いですよ!!　だって皆さんだって社会人として働いていた時は土日休みだったでしょうでしょう？　自分達は土日休んでるのに、子供達にもっと学校に行かせようなんて、ひどいですよー。それって、体育会系の部活で、自分が一年生の時にされていたことを後輩にやってやろうっていう、しごきと一緒じゃないですか」

「あ、いや、まったくそういうつもりではなく、その、自分達の時はそれが当たり前だったからという意味でのう」

「自分達が当たり前だったからっていうのが、そういうのが古いんですです。部活動でうさぎ跳びやってたり水を飲んじゃダメとかって仕打ちを受けていた人がコーチとかになって同じことやらせるのと一緒じゃないですか。あにまるの子達に教育が必要なのは完全に百パーセント賛成ですけど、余裕を持ったカリキュラムにしないと駄目ですよ」

「それじゃあ、ゆとりあにまるになってしまわないかのう」

「でた！　おじさんは何かあったらゆとりさとりって、もうそういうレッテル貼りが一番ウザいんですです！　ダサダサですよー」

「グサ！！！」

いつになく攻めの姿勢のカンナに、おじさん達はこぞってたじろいでしまう。

「秋良さんだって最初に言っていたじゃないですか。こちらの世界にはこちらの世界の暦があるかもしれないし、曜日の感覚だって違うかもしれないって。それなら、私は四日学校に行って、その後三日はお休みにしたって良いと思ってますよ。そもそも、そういう仕事体系の国だって、世界にはあるんですからね。日本人は働きすぎなんですよ」

「……はい」

ばっさりと意見を言うカンナによって、そこにいるおじさん達の心はズタズタに切り裂かれ、ライフはゼロとなっていったのだった。

結果、とりあえず授業はカンナの言う通り週に四回となり、様子を見て増減を検討する、ということになったのだった。

進が教壇に立ち、子供達に向かって笑顔で言う。

「さて！　まずこのおじさん島立おじさん小学校の記念すべき最初の授業ですが、私が務めさせてもらいます」

「ススム先生ネコ！！！」

「ススム先生ブタ！」

「ススム先生スズメ」

「ススム先生リス」

「ニンゲン先生パンダ」

黒板に「森進」と書いて、進は話を続ける。

「最初の授業は国語です！」

「コクゴ、ネコ？」

「このあにまるワールドの言語や文字、などを学ぶのがこの授業ですね」

「じゃあ、ススムがこの世界の文字を教えてくれるのかブタ？」

それを言われて進は困ったように微笑む。

「うーん、それが私はこの世界の文字を知らないんですよね。おじきちさんから聞いたところ、このあにまるワールドにはあにまる語というものと、わかものさん達のわかもの語というものがあるそうでして」

それを聞いて、秋良達も驚く。

「つまり、二つの言語があるってことかよ」

「ええ。話し言葉は同じなのですが、文字が違うということですね」

「それって何か不思議だな。会話は出来るけど、字が違うって」

「ひらがなしか使わない国とカタカナしか使わない国って感じですかね、簡単にいうと」

「実際はもう少し複雑みたいですけどね。で、わかものさん達の言語は私達の字と似ているみたいです」

これはおじきちに教えてもらった。あいうえおや、ちょっとした漢字は同じらしい。

なので、実際にわかものの社会に深く根ざして生きていく必要がある仕事のあにまるはわかもの語を学ぶのだそうだ。

「ですが、せっかくなのでネイティブなものを学んでほしいんですが、それは実際に分かっている方をいつか招いて教えてもらおうと思っています」

「別に、ススム達の世界の言葉を教えてもらっても、いいんだけどなブタ」

「はい、それも興味ありまスズメ」

その言葉に嬉しそうに笑う進。

「私達の世界の言葉はまた『外国語』の授業で学ぶということにしましょうかね」

「じゃあ今日はその国語っていうのでは何をするリス？」

「そうですね。今日は物語を皆さんにお聞かせしたいと思います」

「物語ネコ？」

「今から私が読む物語を聞いて、登場人物が何を思ったかなど、一緒に考えていく授業をしたいと思います。これをすることで皆さんには読解力や、想像力を学んでもらいます」

しっかりと授業の目的も話す。進は先生にも向いているようだ。

そして、進は自身が用意したノートに書いた物語を読み始める。

「今日皆さんにお聞かせする物語は『はしれおじさん』です――」


――――


おじさんが友達のおじさんと居酒屋で飲んでいました。

昔話や上司の愚痴（ぐち）を言い合って、とても満足のいく飲み会です。

さあ、明日も仕事だからそろそろ家に帰ろうとすると、お勘定になってお金が足りません。

そう、おじさんは友達のおじさんを、友達のおじさんはおじさんにお金があると思って、あまり額を持ってきていなかったのです。

といいますのもこの二人、社会人になってから仲良くなった同士ではなく、小学生からの腐れ縁。
　小学生からの腐れ縁の二人が飲むと、気心が知れすぎていて、出かける前に財布の中身を確認しても「ちょっと少ないかもしれないけど、まあ、あいつも持ってきているだろうから、問題ないだろう」と思ってしまいがちなのです。これが気になる異性だったり、社会人としての付き合いの相手だとまた違うのでしょうが、これればかりは仕方ありません。誰も責めることの出来ない、必然に近い偶然として、二人ともお互いを頼り切って、結果、お金が足りなかった、という話です。

　そこまでのお話を、進が黒板に居酒屋のレジでお金が足りなくて泣いているおじさんの絵を描いて補足説明をする。

　その居酒屋は個人経営の昔ながらのお店だったため、カード決済も出来ません。貯金を下ろせば済む話のようですが、二人の地元は結構な田舎のため、コンビニも24時間営業ではなく、もう閉まっていたのです。居酒屋の閉店時間は24時。現在の時間が23時30分。もう考えている時間はありません。そこで一人のおじさんが立ち上がりました。
「ここからだったら僕の家の方がお前より近い。僕が家に現金を取りに行ってくるから、お前は僕を信じてここで待っていてくれ。大丈夫、閉店までには帰ってくるさ」

そう言うと、おじさんは外に駆け出しました。

その解放感と背徳感に、おじさんは理性が吹き飛びそうになります。よく考えてみると社会人になって、お会計の前に店の外へ出ることなんて、初めてでした。

このまま何もかもを忘れて、重たい荷物も放り投げ捨てて、家に帰って風呂に入って、寝たい。おじさんはそんな思いに無性に駆られます。明日は仕事で6時起きなのです。ですが、そんなことをしたら間違いなく友達のおじさんとは絶交でしょう。一時の感情と解放感だけで腐れ縁の友人をなくすのは罪を犯しやすいヤングがすることです。分別をわきまえたおじさんのすることではありません。

とにかく家に向かわなくては。黒い感情の渦巻く場所については蓋（ふた）をして、おじさんは走ります。ですが、居酒屋では焼き鳥やお好み焼きなど、がっつりしたものを食べていましたし、ビールもしこたま飲んでいたので、身体が重いです。10メートルも走ると息が上がってしまいます。更には靴も仕事帰りのために革靴です。走りにくいです。それでも走ります。友人が不安に思って待っているから。

おじさんは走っている途中、国道沿いにキラキラと輝いている店を見つけます。レンタルビデオ屋です。

田舎はコンビニよりもレンタルビデオ屋の方が営業時間が長かったりするものです。

　そこでおじさんは大変なことを思い出します。レンタルビデオ屋さんで借りた『XYZファイル』と『小林サッカー』に『ごじゃ魔女ふぁみそ♪　エクスプロージョン』を返していなかったのです。

　おじさんはその苦悩を全て独り言にして吐き出します。

「なんということだろうか……あのビデオは確実に延滞している。遅延が遅延を生んで、このままでは更に料金が上乗せされることになるだろう。正直、今すぐにでもビデオを返したい。大人として『あ、返すのを忘れていて、延滞ですよね？　あ、勿論延滞料も払いますとも、勿論ですとも』と一言添えるのも忘れない。だけど、その間にも僕の友人は居酒屋で待っているのだ。……だけど、居酒屋は実際遅れても少しは怒られるかもしれないけど、払う料金が増えるなんてことはない。そして確実にいえるのは、居酒屋を優先すると、ビデオの返却に今日も間に合わず、延滞料が生じる、ということなのだ。友には後で謝ればいい。だけど、ビデオは待ってくれない。そもそも、今から家に帰ってビデオを取ってここまでくる間に12時が過ぎてしまうのではないか……。それも問題だ……」

「おじさん、レンタルビデオ屋の前で、自問自答しすぎじゃないパンダか。どっちにするにしたところで、早く決めるに越したことはないと思うぞ。ていうか、その借りっぱなしのビデオ？　も家にあるんだろう？　それならわざわざレンタルビデオ屋の前に立ち止まってウジウジ無駄に悩んでいるよりも、先に家に帰れよ。どれだけ時間の無駄なんだこら」

流石(さすが)に黙っていられないとパンダがまとめてツッコミを入れる。

「最後が気になるネコ。結局、お金は払えたのかネコ？」

「ええと。結局どうなったかといいますと。おじさんが呼んでいた三人目の友達がそこでやってきて、足りない分を払ってくれました。めでたしめでたし」

「突然やってきた三人目！　知らないしパンダ!!」

「元々子供の頃から、この三人でよく遊んでいましたからねー」

「だから知らんって!!　読解力っていうのなら、そういうのちゃんと伏線張っておけパンダ!!」

いちいちもっともなツッコミを放つパンダに、気にせず授業を進める進。

「さて、それではここで皆さんに問題です。店を出たおじさんは、家に帰ってお金を取って、最初に居酒屋に戻るべきだったでしょうか。それとも友達を待たせてレンタルビデオ屋でビデオを返すべきだったでしょうか」

「知るかああああああああああああああパンダ！！！」

喉(のど)が張り裂けそうなほどに声を張るパンダ。その隣の席のネコミが楽しそうに手を上げる。

「ネコミはお友達の方に先に行ってあげた方がいいと思うネコ。ずっと待っているのはかわいそうネコ」

「私はそのビデオを返すのも大事かもって思ってしまいましたスズメ。だって、ビデオはずっと前から返していなかったからスズメ。ビデオ屋さんも困っていたと思いますスズメ」

他の子供達は案外進の物語『はしれおじさん』を面白がっているようで、真剣に考えて、自分の答えを聞かせてくれる。

「ところで、レンタルビデオって、なにネコ?」

「あー、あにまるさんには分からないかもしれませんね」

「いや、現代の若者も、もうビデオ世代じゃないですからね。死語でござるよ」

「さて、それではここで状況を整理しましょうかね。ええと、まずは、二人のおじさんが居酒屋に行きまして、飲み食いをします」

進は黒板にまた絵を描いていく。

「そして、お会計の時に、お金が足りなくてですね。一人のおじさんが家に帰って取りに戻ろうと思ったのですが、帰り道にあった牛丼屋があまりに魅惑的で、そこに吸い込まれていったはいいですが、結局食べた後にお金が足りず困ってしまい。あ、いや、ラーメンの屋台でしたっけ?」

「いや、全然違うパンダ。お主も全然内容把握してないパンダ！」

「あれ？　違いましたっけ？」

腕を組んで考え込んでしまった進の手から、パンダがチョークを激しく奪う。

「ああ、もう！！　だから、こうパンダ」

いてもたってもいられずにパンダが黒板につらつらと状況を書き記していく。

「えーと、まず、こう。おじさん二人が飲みに行ったはいいけど、どちらもお金をしっかりと持っていなくて、足りなかったパンダ。というのも二人は最近知り合ったばかりとかではなく昔からの腐れ縁だから、いわゆる気の許せる仲間だったから、であり……。そこで一人のおじさんが自分が取りにいくと……だけど途中で見かけたレンタルビデオ屋、ここで延滞していることに気がつくと……」

カツカツと小気味よい音を立てながらパンダは文字を書いてストーリーを要約していく。それは日本語と英語と象形文字を混ぜたような不思議な字だった。おそらくこれがあにまる文字なのだろう。教室中のおじさんにあにまるが、パンダの行動を黙って見つめる。

「…………ん？」

その視線にようやく気が付いたパンダが、後ろを振り返る。

「…………ああ、パンダには指が七本あるから、お前達よりも物を掴むのは上手なんだぞ

「いや、別にそのパンダ豆知識とかじゃなくて……」

そう、秋良が言いたかったことは、そうではなく。進がその意図を汲んで、続きを口にする。

「パンダさん。あにまる文字が書けるんですね」

「……??　ッッッあ!?　しまったパンダ！！！」

あまりに進の授業が不甲斐ないあまり、気が付いたら代わりに教壇に立ち、板書までしてしまっていた。そんなパンダを、進の生暖かい視線が貫く。

「…………パンダさん。今度から、是非国語の授業をお願いしたいのですが」

「……断るパンダ」

「報酬に毎回ポテトチップスをつけますから」

「そこまでいうならやってもいいパンダ」

こうして、国語の教師はパンダに決まったのだった。

「パンダ先生!!」

「パンダ先生！！！！！」

「グレートパンダティーチャー!!」

「さて、それでは皆さん、今日の授業『はしれおじさん』で学んだことを発表してください」

進が尋ねると、ネコミが元気よく手を上げて、答える。

「辛抱強く待っていると、最後にはヒーローが駆けつけてくれる、という話ネコ！」

「その通りです!!　まさにパンダさんはヒーローですね」

進が笑って痛快に手を打って、記念すべき最初の授業は終了となった。

――まさか、最初から我に授業をさせるつもりだったわけじゃないよなパンダ。

進がわざとおかしな物語を話し始めたのか、計り知れないパンダだが、普段から進の話はまとまっているようで要点がまったく分からないとっちらかったものが多いので、真偽を掴むことは出来なかった。

27　フラワー島に交渉に行こう!!

あにまるの子供達は数を数えることは出来る。食料の調達などで自然に足し算などはしていると思うのだが、それをしっかりと授業として教えることも大切である。

「というわけで、算数の教師、秋良先生だ。よろしく!!」

「アキラ先生ネコ!!」

「アキラブタ!!」

「アキラ先生スズメ！」

「アキラ先生リス!!」

「パツキンティーチャーパンダ」

　秋良はパンダから教えてもらったあにまる文字で黒板に大きく名前を書く。すると生徒達がクスクスと笑い始めた。

「アキラ……それだとヴァキラしぇんしぇ～になっているネコ!!」

「ヴァキラしぇんしぇ～だって……あっはっは!!　面白いブタ」

「え？　あ、綴りが違った？　あははは」

あにまる文字は全てが結構似通っているため、ほんの少しの止めやハネの間違いで読み方が変わってしまう。アキラは丁寧に書き直して、授業を始める。

「今日は足し算の授業だな！　花子さんはリンゴを5つもっています。更に太郎さんからリンゴを2つもらいました。さて、リンゴはいくつに……」

「リンゴって何だネコ⁉」

「知らないブタ！」

「あ、そうか、じゃあ、お前達の好きな実でいいからよ」

リンゴを知らない子供達にリンゴで授業をしても仕方がない。秋良は何がいいか尋ねてみると、ネコミが元気よく手を上げる。

「マンヌカンの実が良いネコ‼」

「おお、マンヌカンっていったら進さんが手に入れたやきとりの代替品じゃねえか」

「そうネコ。ネコミとススムで見つけたネコ！」

秋良もあのジューシーなやきとりの味がいまだに忘れられない。

「よし、じゃあ問題な。花子さんはマンヌカンを5つもっています。更に太郎さんからマンヌカンを2つもらいました。さてマンヌカンはいくつになるでしょうか」

「はいはい‼」

「はいはい‼」

秋良は子供達が元気よく手を上げるのを嬉しそうに眺める。

「よし、じゃあブタ野郎」

「はい！　9個だブタ！」

「9個？　残念、違うんだな。ええと、これはまずマンヌカンが5つあるだろう。それに2つ足されるから……」

秋良が黒板にマンヌカンの絵を描いて、計算式を教えようとしていたところに、後ろから声が飛ぶ。

「え？　ネコミも9個だと思うネコ」

「9個じゃないんですかスズメ？」

「9個リス」

「9個に決まっているだろうがパンダ」

子供達全員がこぞって9個と言いだすから、秋良は何か悪戯でもされているのかと思った。

「いや、なに言ってんだよ。5個に2個足すんだから7個じゃねえか」

それでもネコミは首を横に振り、主張する。

「マンヌカンの実は、誰かにあげたら増えるネコ!!」

「はああ！！？？」

「タロウがハナコに2つあげた時点で、マンヌカンは4つになっているネコ。だから5+4で9個ネコ!!」

「しっかり足し算出来てるし！　更に掛け算まで中に入ってんじゃねえかよ！　なんなんだよマンヌカン!!」

普通に算数の授業をするつもりでもそうはさせてくれない。まずはおじさん達があにまるワールドの生態系を、理科の授業で習うべきなのかもしれない。

「それは凄(すご)いですね。マンヌカンは人にあげたら増えるんですね」

その日のおじさん会議で、秋良は早速他のおじさん達にもマンヌカンについて教えた。

「口で言われても全然ピンとこないんで、実際に受け渡ししてみましょうか」

そう言って、進が手に持っているマンヌカンの小さな丸い実を、秋良に渡す。

「どうも…………うわ！！？？　増えた!!」

実際に秋良がもらうと、その白玉のような小さな実が、じわりと、ゆっくり分裂するようにして、2つに増えたのだ。

「え？　凄くない？　これどういう原理なん？」

「譲渡される、というか、捕獲されると思って生命の危機を感じて、種を残すために増殖するといった感じかもしれないでござる」

「そうなると、植物というか生物に近い雰囲気じゃの」

どちらにしてもかなり不思議な実であることに違いはない。ただし増殖には限度があるらしく、2回目までは増えたが、3回目以降は何度受け渡しをしても増えることはなかった。

そして、その現象を目の当たりにした進はなにやら興奮して震え始めていた。

「マンヌカンの実にそんな法則があるなんて。これは、とてつもないことを思いついてしまいました」

「なにを思いついたんだよ」

仰々しい進の言い方に興味をそそられる秋良。

「マンヌカンによる、代替鳥料理の量産です」

「ああ、なるほどな。うまく使えばたくさん作れるってことか」

「食糧不足がなくなるのう」

無人島生活で大切なのは食料の調達である。それが、マンヌカンの譲渡により増えるのであれば、備蓄が潤うことになる。

「更に、最高の鳥料理をたくさん作って、多くの人やあにまるさんに振る舞いたいですね!!」

「最高の鳥料理？　水炊きか？」

「鳥刺しですぞ？」

「親子丼じゃな」

「ブブー。違います」

三人のおじさんの意見をビタンと否定する進。

「じゃあ、一体なんだっていうんだよ」

「それは、勿論、からあげです」

それを聞いて、他のおじさん達から、おお、と声があがる。

「確かに。最高の鳥料理といえばからあげだな！」

「ワシみたいにジジイになったら油っぽいのはもたれるが、それでもからあげはたまに無性に食べたくなるのう」

「からあげ、拙者は子供の頃からの大好物でござる！　からあげ、食べたいでござる!!」

気が付くと全員がからあげの魔力に魅了されていた。こうなったら、なんとしてもマンヌカンで代替品【からあげ】を作って、食したいものである。

「からあげに必要なものといえば、油に、小麦粉ですね」

「油はスタンプで手に入るだろう？」

秋良の言葉に進は頷くが、少々浮かない顔である。

「調味料で手に入るんですが、個別売りもしてないですし、あまり量が入ってないんですよ」

「なるほど。沢山のからあげを揚げるには勿体ないってことか」

「そうなんです。なので、小麦粉も勿論いるのですが、まずは油を入手しに行ってきます」

「え？　どこに行くんだよ」

進には既にあてがあったようで、何も問題がないようにそう告げると呑気にビールを飲み始めた。

「来週あたり、明日夢さんのフラワー島に行ってきますね」

◇　◇

「明日夢さん、お久しぶりです！」

「進さん！　どうも」

事前に手紙を送っていたこともあり、フラワー島では明日夢が海岸で進が来るのを迎えてくれた。

「そうだ、これ。この間のアップデートで作ってもらった名刺を交換しましょう」

「ああ、はいはい。是非」

そう言って進と明日夢はお互いに名刺を出し合って、ペコペコと交換した。どうやら、島リーダーは全員名刺がもらえるようで、更にスタンプ報酬で他の島民の分も揃えることが出来るらしい。

「あはは。なんだか懐かしいですね」

「急に日本に戻ったみたいです」

おじさんとして儀礼的な挨拶を終え、明日夢が進の隣に立っている人物を見る。

「今回は木林さんと一緒に来られたんですね」

「そうですぞ。明日夢殿!! フラワー島の皆様も、宜しくお願いいたしますぞ！」

「あ、あはは」

「明日夢さん。これ、お土産です」

ビニール袋を明日夢に渡すと、他の住民がそれを覗き込んできて、歓声をあげた。

「うわ！やった！ ビールだぜ！」

「こんな量……うわ!! ５００ml缶も増えている。いいのかい？」

それに対してニコニコしながら木林が頷く。

「ええ、構いませんぞ！ 今回のアップデートで一日のビールの量も増えましてな。こちらでも毎日飲むのが苦しくなったんでござるよ」

「お、するとあんたがビールを持ってきたっていう秋良さんか⁉」

「いえ、拙者は違いますぞ！　拙者はペットボトルを持参してまいった、木林というものでござる!!」

「違うのかい。そういや秋良さんは金髪だって聞いていたからな。違うな。どうやったら自分じゃないのにそんなにドヤ顔が出来るんだよ」

「あっはっは！　そんなに褒めても、何も出ないでござるよ！」

「いや、これっぽっちも褒めてないから。ていうかあんた木林って、あれか。一人だけ『森』と勘違いされて連れてこられた『木林』ってのは」

「はあ、あなたがあの……木林さん。なんか、納得というか……」

「あははは！　照れますなあ～～」

フラワー島の住民に呆れた表情で見つめられても木林はニコニコ笑顔のままである。

「そして、これはあにまるの子供達に、ポテトチップスです」

進はポテトチップスの袋をそこに丁度居合わせたヒツジロウとイヌスケに手渡す。

「ありがとうイヌ。ススム」

「ありがとうヒツジ、ススム。今日はずっといてくれていいヒツジ。なんならこの島に移住するヒツジ」

初めはおじさんにかなり反発していたヒツジロウも、いまや完全に馴染んでいる。特に怪我をしているところを助けてくれた進に一番懐いているのだ。それには明日夢も皮肉のこもった白い目を向ける。

「あはは。逆勧誘を受けるなんて、進さん、流石は一位の島ですね」

「あはは。ですが、私達は島が嵐に見舞われて、もう一位ではないはずですよ」

「いえいえ、それもつい先日までの話ですよ。またおじさん島が一位に躍り出たんですから」

「え、そうなんですか⁉」

いつも進は自分達の島の順位をフラワー島で聞くことになるが、興味がないのか、それともこれが王者の風格なのか、明日夢には分からない。

「流石は進さん。余裕ということですか？」

「いや、そういうわけじゃなくてですね。別にペナルティもありませんので、うちは順位を気にしてやっていないだけですよ」

そういうのが余裕っぽく見えるんですよ、と思うが、進に一切他意がないことが分かるので明日夢もそれ以上は何も言わなかった。

「で、あにまるさん達とはどうですか？　その後。とはいってもこの様子を見ると、心配はなさそうですけど」

「そうですね。相変わらず住んでいる場所は違いますけど、毎日行き来をして、一緒にスタンプ集めをしたり、料理を作ったりしていますよ」

「それはよかったです」

「イヌスケ君なんて、ポテトチップスが気に入って、毎日来ていますよ」

「あはは。それはよかったですね」

そもそも、あにまるワールドに野菜を持ってきたのは、フラワー島の住民、小太りの森山良だった。この世界には類似したものはあるが、現実の世界とまったく同じ食物は存在しない。なので、野菜を栽培することは唯一無二の価値があった。そしてそれは、ビールを持ち込んだ秋良にもいえることである。

「ポテトチップスで無双、ですぞ。これぞ現代文化TUEEEE」

話を横で聞きながら木林が嬉しそうにはしゃいでいる。

「まあ、それ以上にこちらのものが美味しいですから。まあ、それでも一本とれるのでしたら、こちらの文化もどんどん紹介していきたいものですよね」

「ふっふっふ。それは私達も考えているところなんですよ」

「おや、進さんもですか。郷に入っては郷に従えが座右の銘というのに、いいんですか？逆にスタンプであにまるワールドの調味料なんかが解禁になったから、そちらの方に気持ちが流れてもおかしくないと思っていたのですが」

「あはは。それと同時に私はおもてなしの心も大事にしていますから。あにまるワールドに私達の料理なんかも紹介したいんですよ」

「ほう、なるほど」

進の考えることはいちいち先駆的である。

「ですが、ポテトチップスは、油を結構使うんですよね。スタンプの調味料とは別に、油が単独であったらいいんですけど、それがないのがもどかしいですよね」

それを聞いて、更に進はしめしめと、声を殺して笑った。

「どうしました?」

「今日はその辺りのことも含めて、少し交渉事があって、やってきました。それに油にも関わることなんですが」

「交渉、ですか?」

「はい。明日夢さん、この島に、菜の花って咲いてますか?」

「……本気ですか?」

返答していないように思えるその応対だが、それとは逆で、明日夢は進が何をしたいのかを、一瞬で理解しての一言であった。

「進さん。実際は菜種(なたね)が目的なんですよね」

「その通りです」

ワクワクして進は明日夢の返事を待つ。

「菜の花ですかー。うーん……」

「やはり、そう都合よくあるものじゃないですよね……」

残念そうにうつむく進を横目にクスリと笑いながら、明日夢は口を開く。

「大丈夫ですよ。丁度良かったです。アップデートによって、僕の手に入る種も増えたんですよ」

「ほう」

「その中に、菜の花の種が入っていまして」

「ほう！！！」

「先日花を咲かせて、種も出たばかりなのです」

「ほううううう！！！！！」

珍しく進はテンションが上がりまくりであった。これはかりは本当に僥倖としかいえない。まさに進が欲していたものが、ここにあるのだから。

明日夢は現実世界で花屋だった。ゲームの初めの「無人島に一つだけもっていくなら？」という問いに対して、花の種を選んでいたのだ。

「菜の花は彩りが良いですからね。海に近い丘に咲いていますよ。で、何を作りたいんですか？」

その問いに進がニヤリと笑う。この二人はいつもこうである。お互い答えが分かっていても会話を続けるような、面倒くさい所があった。

「いや、先ほどの話に戻るんですが、調味料の中に油はあるんですけど、そんなに量があるわけでもないので、今後のために自給自足しようかな、と思いまして」

「つまり、菜種油を作る、ということですね」

「ええ、その通りです。フラワー島にある菜種を頂けたらと思いまして」

スタンプや、最初に願ったギフトによって、島生活を潤していく。勿論、家や家具など、自分で作れるものは自作するが、いわゆるＤＩＹの範囲だと思っていた。

それを、目の前の人物は油をイチから作ろうとしているのだ。

多分、その感覚の差が彼の島を一位にしているのだと思う。

そういえば以前聞いたことがあった。おじさん島は、火起こしを島民にマスターさせてから、ライターを交換し、自作の濾過装置を木林のペットボトルでこさえてからスタンプの濾過装置を交換、釣り竿もスタンプ交換もするが、いまだに自前の竿の改良に力を入れている、と。

勿論、スタンプの節約という意味合いも大いにあるのだろうが、スタンプで手に入るものでさえ自分達でなんとかしようとする節があったのだった。それが、彼、森進にとっての島生活。いや、島開拓といっていいのかもしれない。本当に謎の高スペック男性だった。

……これは、結局最後は自分達でビール工場まで作ってしまいそうだな。

「分かりました。うちの菜種ならいくらでも差し上げます。で、ビールが報酬ですか?」

それを聞いて進は首を横に振った。

「言ったでしょう? ビールはお土産ですよ。ですが、交渉のオプションとしてお付けしても良いですよ」

「オプションどころか! それだけでも良いぐらいだよ‼」

「ビールを持っているあんたの島には逆らえねえ! おじさん島の傘下に下るぜ!」

そう言って他の住民が叫ぶと、気持ちよさそうに木林が笑い声をあげる。

「あはは。まるで麻薬ですぞ。まあまあ、そう言わずとも、また持ってきてあげるでござるから」

「いや、だからあんたのものじゃねえんだろう? 凄いドヤるじゃん」

「はあぁぁあぁぁん‼ これが気持ち良いんでござるよ。現代文化TUEEE! ですから」

「いや、元々同じ世界の、同じ文化だからな。これはただの弱味につけこんで偉そうな顔をしているだけってことだよ。ていうかあんたビブラートすげえな……」

そう、少しきつい言葉を言われても、ただただ悦に入ってニヤニヤしている木林であった。

「ええと、まずは、これは調味料のメモです」

「え？　これって、スタンプで新しく手に入るようになった、あの調味料の？」

明日夢達の島もアップグレードして、レインボースパイス手に入れたが、如何せんどの色とどの色を掛け合わせたらどんな味になるかをいまだに模索中であったのだ。それが、進がくれたメモには半数以上の掛け合わせた味と、あにまるワールドでの名称まで書かれているではないか。

「凄い、どういうことですか？」

「ええと……。これはうちに仮住まいされているパンダさんから教わったものなので。こちらも運よく手に入れた情報ですから、独り占めするのもおかしいので、是非活用されてください」

「ああ、前お聞きした……」

そこで明日夢はあからさまに声を小さくする。

パンダの存在はあにまるワールドでもトップシークレットである。あまり吹聴するものではないので申し訳ないが、フラワー島では明日夢だけに教えているのだ。

「そんな大切な情報を頂けますとは、これは菜の花の見返りに十分ですよ」

「ですから、こちらも偶然知ったことですから。まあ、でもそこまでおっしゃるのでしたら、これは菜種を頂く報酬の一つとさせてもらいましょうかね」

そう嘯いて笑う進に、明日夢も微笑みを返すのだった。

さて、しばらく談笑した後、フラワー島にある菜の花の生育する場所に移動することとなった。

「さあ、いきましょうかね」

「私が案内しましょう」

そこに、眼鏡をかけたスーツ姿の凜とした女性が現れた。

「これはミズホさん。こんにちは」

管理人のミズホはいつも通りのクールな振る舞いで、小さく会釈をする。

「ミズホさん。いいんですか？　島リーダーの僕が案内するよ」

「明日夢さんは昨日の雨が少し強かったので、他の植物も様子を見に行かなくてはならないのでは？」

「まあ、それはそうだけど。それは後からでもいいですし」

それを聞いた進は申し訳なさそうに会話に割って入る。

「そうだったのですか。これは、よくないタイミングで来てしまいました」

「いえいえ。天候のことなど、分からないですから」

「菜の花畑にはミズホさんに案内してもらいますから、明日夢さんはどうぞ見回りに行かれてください」

「そうですか？　すいません。それじゃあミズホさん、よろしくお願いします」

「分かりました」

そうして、案内がミズホに変わったのと同時に、その横を長髪眼鏡のおじさんがスキップで駆けていく。

「進殿、拙者はこの島を探索してきますぞ!!」

なんというか、先ほどから木林はハイになっている感じがする。念願のよその島で、迷惑というかはしゃぎすぎの木林。そんな痛いおじさんに、ミズホが冷凍光線のような視線を投げかける。

「先ほどから拝見していましたが、よその島でよくそんなにはしゃぐことが出来ますね」

「ああ、これは大変申し訳ございませんでした。貴方が管理人のミズホ殿でございますね。拙者、新しい冒険に出かけるのが、兎にも角にも大好きでして。とはいいましても、現実ではまったく外に出ていなかった矛盾者でござるがな。冒険は、玄関から出なくても始まる、というのが拙者の座右の銘でして。あっはっは!!」

「………………………ツッツッ！！！！？？？？」

そこで信じられないことが起きた。

つい先ほどまで辛辣な視線が光線を帯び眼鏡のレンズにより倍増され、ゴミ虫を見るようなミズホだったが、木林のその返答を聞いて、雷に打たれたような衝撃を受けて、なんと地面に倒れ込んでしまったのだ。それには島リーダーの明日夢も驚きの声をあげる。

「ミズホさん！！？？」

「おや、どうされましたミズホ殿？　突然転倒されて。大丈夫ですか⁉」

「…………………………」

どうやら息はあるし、病気やケガ、といった雰囲気でもない。何事かに興奮して、はあはあと息を荒くしているのだ。

「どうやら拙者の所為のようでござるな。そんなに気分を害されたのでしたら、拙者は姿をくらましますので、ご心配なく。ひゃっひゃっひゃ‼」

「あ、あの！！　………ま、ま、ま、ま、待って待って待ってくだしゃいひひ」

華麗な身のこなしで一目散に退散しようとする木林をミズホは潤んだ瞳で呼びとめる。それは先ほどまでの軽蔑した眼差しとは180度、正反対に違っていた。

「………あ、あ、あなたにとって、冒険とは？」

「そうですなあ。心躍る摩訶不思議アドベンチャー、といったところでござるかねえ。この世界はでっかい宝島、ですからね‼」

――冒険とは心躍る摩訶不思議アドベンチャーですぞ。人々の夢を、拙者達は作ってきましたからね。

（……この、古今東西のアニメやゲームなどに影響を受けた、オリジナリティのない、だけど自信満々で言い放つことでどこか胸を打つ、自信と説得力に満ち溢れた言葉。ベタを愛して、俺ＴＵＥＥＥにどこまでも憧れる子供のように無垢な言動。ああ……嘘だ。まさかこんな所で、本当に会えるなんて。だけど、この方は………間違いない。………びろぢ様……）

熱い、途轍もなく熱いミズホの眼差しに首を傾げながら、木林はその場を去っていく。

「やはり美女からはすべからく嫌われる運命なのですな。トホホ。ですが、気分を悪くされたのでしたら、今日はお休みになられてくだされ。眼鏡とスーツが似合うお嬢さん……」

それを、進と明日夢は、まったく意味が分からずに、しばらく見つめていた。

「………あの、やっぱり僕が案内しますね」

「あ、はい。よろしくお願いします」

◇　◇

小高い丘一面に咲く黄色い花を見て、進が歓声をあげる。

「うわ！　これですか！」

「ええ。菜の花は油菜とも呼ばれる通り、この菜種の部分が油になるんですよ」

「明日夢さんも、やはりここから油を生み出すためにこの花を植えられたんですね」

「いえ。僕は普通に花を育てるのが好きなんです。元が花屋ですから、花を使って何かをするよりも、花そのものを愛している、といいますか」

進と同じ高みにいると思われてはたまらない。明日夢は素直に否定する。

「素晴らしいお考えです」

「いやあ、あはは。無人島じゃ意味のない感傷ですけどね。あと僕はそれよりもじゃがいもや玉ねぎ、ニンジン等、農作物を育てることも好きになってきましてね。良さんの野菜もアップデートによって種類が増えたんですよ。この間も『フラワー島』を『ベジタブル島』に名前変更しようか、なんて話になりまして」

「あはは。それは凄い!!　あ、あの……その。もしよろしければそちらの玉ねぎやニンジンも……」

「勿論、お土産に持って帰ってもらおうと思っていますから」

「やったあ！！　ありがとうございます」

珍しくオドオドとした態度の進を明日夢は笑い、その意図を汲んで約束する。

「こうなると、島同士の交流というものが凄く大切になってきますね」

「いや！　ゲームが広がったといいますか。特産品がいりますね。フラワー島はお花と農作物ですね！　素晴らしい島です」

おじさん島にはなんといっても、ビールがある。そして進の救急セットも案外貴重品である。木林のペットボトルも、様々な用途で使えるため、重宝する。

「あと、この前おじさん島にお伺いした時に、小屋の作りなんかが凄くしっかりしているなあと思いました」

「はい。あの、白髪の山太郎さんが元々工務店を経営されていましたので、建築部門はそちらに任せているんですよ。嵐で吹き飛んでしまった家の代わりに新居も建ちましたので、また是非遊びに来てください」

「へえ、そうなんですね。新しい家ですか。おめでとうございます」

「ありがとうございます。マッチャオの木という、根が一つで複数の別の木が生えるものを柱として使用して、とても頑丈な家となりました」

斬新なアイデアを嬉しそうに語る進の表情はじつにいきいきとしていた。

「なるほど。それは凄いおじさん達ですね。僕達も負けてられません」

「あ、おじさん達が凄いわけでもないんですよ」

「へ？」

「特産、と言いましたね。やはりなんといってもこの世界の特産は、財産は、あにまるさちの島の住民の、コリスさんの発案なんですよ」

「今私が言った、マッチャオの木の根を使って基礎建築の代替にしようと考えたのは、う
明日夢が尋ねると、進はまるで自分のことのように嬉しそうな顔で、こう答えた。

「あにまる、達が？」

ん達ですよ」

◇　◇

それから、菜の花を採取した進達は、明日夢達の居住区に戻ってきた。

「さて、では菜種の採取を始めていきましょうかね」

進は持参したフライパンを取り出し、厨房を借りる許可を明日夢からとる。

帰ってくるまでの間に拾った木の枝や葉っぱを敷き詰め、持参した炭を置く。

そして火起こし棒と板でパっと火を着けて、火口として万能のネコミの毛玉に移すと、
ぼうっと大きな火が上がった。

「凄いイヌ」

フラワー島は基本的にライターなどでしか火を着けない。進に教えてもらいたいとあに
まるからおじさん達までが切望した。それなら先に明日夢に教えてから、それをあにまる

達におじさんが教える、という流れが良いかもしれない、と進は考えた。足長おじさんがこの島のキーワードでもあったからだ。

種子をつけた菜種から花の部分を取り除き、中心に弾丸のように溜(た)まっている種だけを採取する。

「まず初めに、この菜種を炒ります」

そしてフライパンで菜の花の種子に火をかけ始める。

その工程を他の住民も楽しそうに見つめている。

「あ、そういえば誰かあにまるの字が分かる方いらっしゃいますか？」

「字ならちょっと習っていたけどイヌ」

「もっと習いたいですか？」

「勿論(もちろん)イヌ」

そこで進は明日夢に、おじさん島に設立した学校について話し始める。

「先日、うちの島に学校を作りまして」

「学校、ですか？」

「もしよろしければ、そちらのあにまるさん達も通わせられたら、と思いまして」

「うちの島の子供達を？」

「そうです。そうしますとさっきの火起こしなんかもあにまるさん達や、勿論明日夢さん達にも教えられますし、また、逆にそちらの方を講師に招いて教えてもらったり。ええと、ですね。私が社会を、秋良さんが算数、山太郎さんが図工、木林さんがゲームを教えていますね」

「ゲーム、ですか。それはまたユニークですね」

興味深そうに笑っている明日夢に、進は更に提案する。

「それに、実はもっと色々と教えたい教科もあるんですが、私達だけでは網羅出来ないものもありまして。例えば理科ですとか、世界史なんかですね」

「なるほど、理科ですと、植物や農作物なら、僕達でもいけそうですね」

「そうでしょう?」

それも進は初めから考えていたのだろう。フラワー島の明日夢は元々花屋で良は農家である。この二人が理科の授業や実習をしてくれたら大変ありがたい。今回訪れたのは菜種(なたね)をもらうことと、学校の講師探しである。

だが、明日夢は不思議に思った。それなら何故(なぜ)提案しないのだろうか、と。

「だけど、よその島に行くにはワープゲートが必要で、結構なスタンプが必要なんですよね」

「あれ?」

更にそんな進の発言で明日夢の頭に再びクエスチョンマークが浮かぶ。

「え？　進さん。そこも匂わせますか？　好きですね、こういったやり取りが」

逆に感心したように頷きだすので、今度は進が首を傾けた。

「え？　どういうことですか明日夢さん。いえ、あんまりよく意味が分かっていないんですが」

「あれ？　それって、本当のリアクションですか？　でも、アップデートの話はしましたよね？　さっき」

「ええ。うちの島は遅れていたみたいですけど」

「ん？　アップデートでの追加コンテンツで、何を聞いてますか？」

「えーと、ですね。ギフトのバージョンアップにスタンプブックにあにまるワールドの物品追加、それにおじさん達のステータスの強化。ぐらいでしたっけ？　ああ、あとはその日にスタンプが倍になるスペシャルデーがありました、ね」

それだけ言うと、本当に知らないのかと、明日夢が首を捻りながら一つの案件について尋ねてくる。

「あの、進さん？　島同士の同盟は？　聞いてますか？」

「………聞いて、ないですね」

「なんと！」

確実におじきちの言い忘れであった。これは、秋良が聞いたら絶対に烈火のごとく怒り狂うに違いない。

「僕はてっきり今日進さんが来たのも同盟の話かと思ってワクワクしていたんですが。いつ切り出されるんだろうかって……」

「同盟システムなんてものが生まれたんですか？　詳しく聞かせてください」

「はい、勿論。この度、島同士の同盟が可能となりまして、同盟島との行き来が楽になるといいますか、インフラ整備でスタンプを使うと、ワープゲートを常設出来るようになるのです」

「なんとッッッ!!」

これはまさに渡りに船。本当に良いことを聞いた。これから進が推し進めたかった様々なプロジェクトの問題点が、島同士の移動コストに関することだったからである。

それらの問題が、いきなり解決するではないか。

「是非是非、同盟を結びましょう！　あ、勿論お互い島民の方々にも意見を聞いてからですけど。うちは先日も子供達がもっともっと遊びに行きたいと願っていたので、問題ないと思います」

「いえ、こちらとしては願ったり叶ったりですよ。ただ、おじさん島のメリットがないといいますか」

「え?」

そう、この同盟システムには良い点も悪い点もあるのだ。お互いの交流が出来るのは利点だが、それこそ、発展している島が自分の島のやり方やシステムを盗まれる可能性があるのだ。

そのことを伝えると、進はあっけらかんとした顔で笑う。

「あはは、うちは全然構いませんし、といいますか、良かったらいくらでも教えますし。先ほども言いましたけど、先生になってほしいんですよ」

「……あはは。ですよね」

進がそう言うであろうことを、明日夢は分かっていた。森進という人物は島の順位などは特に気にしていないのだ。子供達が優先なこの揺るがない姿勢は、自分達もかくあるべき、と身の引き締まる思いにさせられる。

「というかですね。フラワー島もとても素晴らしい島ですよ。農作物やお花が沢山で。きっと他の島でも、自分の所もこんなに綺麗な島にしたい！　と憧れる人がいますよ。というか、私もそうですから！」

「そうですかね」

「そうですとも」

そう進に言ってもらえると、自分の島にも自信が持てるのであった。

しばらく菜種(なたね)を炒った後、更に次の過程へと進む。

「菜種って炒ると、こんな感じになるんですね。黒くて丸い、なんだかパチンコ玉をかなり小さく、黒くしたみたいだ」

明日夢がおじさんらしい例えを言うと、進が笑った。

「さて、では次にこれをふるいにかけましょうかね」

持参したザルで不要物を取り払う。目視で確認出来る菜種以外のゴミは排除。それらの作業を、フラワー島のあにまる達全員で手伝ってくれる。イヌスケにヒツジロウ、ウマコにリンタロウ、皆楽しそうである。

「さて、で、この炒った後の菜種を圧搾(あっさく)しないといけないんですけど、そこでこの圧搾機です」

そして進は四角形の升(ます)を取り出す。そこにはホームセンター等で見るクランプが上部に取り付けられていて、クランプの先端に平べったい木の板がくっついている。それは下の升の内計とほぼ同じ大きさのようである。更に升の底が網目状に出来ていた。

なるほど。升の中に煎(い)った種を入れて、クランプを回すとどんどんと圧縮されて、中から油が出てくる、という仕組みだろう。

「これは山太郎さんが考えられたんですね」

「いえ、違いますよ」

「まさか………」

「コリスさんが考えて、作ったのもコリスさんです。釣りのリールを作られたのですが、それの応用でポエトワリンの種子を砕く圧搾機を図工の工作でお願いしたのです。更にこれはそれをもっと応用したものです」

子供達のやっていることが手伝いレベルではなく、発明まで昇華されているおじさん島に、明日夢は畏敬の念を抱く。

「さあ、あとはこれをグリグリ回して、中の油を抽出するのです。この過程を何度も繰り返すのですが、あとはフラワー島の皆さんにお願いしてもよろしいでしょうか?」

「あ?　え。構いませんけど。え?」

そこで明日夢は進が何を言っているのか、理解した。

油造りを、フラワー島に任せてくれる、と言っているのだ。

「僕達の事業にしてもいいんですか?　この機具だって作ったのはおじさん島だし」

多分、存在するであろう「油を作る」というノルマのスタンプだって、明日夢達のものになってしまう。流石(さすが)にそれは悪い。

「良いんですよ。同盟というシステムを知って、まったく迷いもなくなりました。業務提携というやつですね。そのために過程も全部、お見せしました」

「……進さん」

進の返答に、明日夢は眼鏡に手を添えて微笑む。

つまり、真のフラワー島への報酬は、この菜種油、であり、菜種油を作るノウハウ、ということなのだ。

「あと、本当に同盟島になった暁にはなんでも言ってください。建物の修理から小物の製作。勿論、ビールでも構いませんから。その代わり、農作物を少し譲っていただいたり、子供達に授業をしにうちの島においでください。同盟なら泊まりでも大丈夫なんですかね？」

「いやあ、本当におじさん島は武器が多い……ですね」

確かに、おじさん島は菜種油の製造までやっている暇はないはずだ。それなら原料があるフラワー島が製造から流通まで、一気にやってしまう方が理にかなっている。

「なるほど。まさしく業務提携に……委託ですね」

「あはは。その通りです」

進と明日夢。二つの島のリーダーはがっちりと固い握手を交わすのだった。

28　ミズホの過去とびろぢ様

　それから、出来上がった油の取り分と、それに対する代価に関して進と明日夢は話し合った。

　それにしても、おじさん島のリーダビリティには敵わない。「わかもの」に関しての話も進から多く聞かされている。

　だが、あの島に関して話をしておくべきかどうか……。それを明日夢は悩んでいるところに、進がある質問をしてきた。

「あの、明日夢さんは、他の島との交流は？」

「そうですね。ランダムに訪れたりはあります」

「その、ですね、小麦なんかをこちらの世界に持ってこられたおじさんなんかを知っていますかね？　いや、実は今回の油の他に小麦粉をどうしても手に入れたくてですね……」

　それを聞いてドキリとした。まさに今思い返していた島にこそ、それはあるのだから。

　だが、明日夢は教えることを迷った。何故なら、多分、まさに、おじさん島と正反対の島、と言えるのだから。だが、進が欲しがっているものがそこにあるのなら、と明日夢は口を開く。

「心当たりがあります。二位の島です。パン職人の石ノ森翔さんという方がいらっしゃいます」

「おお、パン屋の石ノ森さんですか、それは是非！　島名を教えてもらえたら」

基本、ワープゲートチケットは一度行った島には行くことが出来るが、それを指定しなかった場合、ランダムで知らない島に行くことになる。更に特例として、別の島からの紹介で、島名を知っていれば、その島にも行くことが出来るのだ。

「どうして、小麦粉が必要なのですか？」

「油を手に入れて、あと小麦粉があれば、そう、からあげが食べられるんですよ！」

「からあげ……ですか？」

「からあげです」

か……………からあげ。

無意識に明日夢はゴクリと喉を鳴らした。からあげが食べられるとは、一体どういうことなのだろうか。

「ひょっとして、誰か無人島に持ってくるなら『鶏肉』と答えた方がいらっしゃるんですか？」

「いえいえ、違います。明日夢さんはマンヌカンの実は食べたことありますか？　誰かにあげると数が増える不思議な実なんですが」

「いえ、多分ないです」

「それが、私達の世界での鶏肉に類似しているのです」

そこで進は明日夢に代替品について説明する。

「代替品、ですか？」

「ええ。私達の世界の料理などをあにまるワールドの食材で再現しますと、ボーナスでスタンプがもらえるのです」

そして進は明日夢に冷ややっこ、コーヒー、やきとりに必要なレシピを渡す。

「あにまるワールドと私達の世界。多分、もっと混ざり合うべき、だということだと思います。次は二つの世界を完全に融合した【オリジナル】でスペシャルボーナスが出るのではないかと、私は睨んでいるのですが」

代替品の存在すら考えたことのなかった明日夢に、更にその先の未来を見据えている進。それらの道筋を見出し、達成出来るのは進以外にいないように思えた。

「代替品。なるほど……。確かに言われてみれば、そういった節があったように思えます。ですがよくそれに気が付いて更には新しいスタンプのノルマにまで押し上げましたね。やっぱり進さんは凄いですよ」

「いえいえ。偶然ですよ」

その後、進の持ってきたコーヒーを飲んだが、感動した。明日夢はコーヒーが大好きだったのだ。まさか、この無人島生活でコーヒーを飲むことが出来るなんて、涙が出そうである。

更にはからあげである。もう年齢も年齢なのであまり油っぽい食事は好きではないが、だけど、たまに急激に食べたくなる時があった。そう、これぞおじさん七不思議のひとつ。ごくまれに凄く身体に負担のあるものを食べたくなる、であった。

一度考えてしまうともう我慢が出来ない。既に明日夢も、無性にからあげが食べたくなってしまっていた。

「進さん。責任を取ってくださいね」

「ええ。私がからあげを作った暁には、当然こちらの島にも卸させてもらいます」

「ビールとのセット販売なんて始めたら、他の島も飛びついてきますよ」

「素晴らしい。そのアイデア、頂きます」

お互いの利益のために島間で意見を出し合う。既におじさん島とフラワー島は同盟関係にあるように思えた。

「まあ、マンヌカンはある方法で個数を稼ぐことが出来ますし、あとは小麦粉だけ手に入れば、なんとかなりますね！」

「分かりました。ではお伝えしましょう。小麦を持っているであろう、二位の島の名前は

『ぶどう島』といいます。島リーダーは、石ノ森さんとおっしゃってました」

「『ぶどう島』ですね。ふむ……ありがとうございます」

しっかりとその島の名を胸に刻んだ後、進と明日夢は今後の授業の日程などを話し合い、気が付けば夕暮れ時となっていた。

「じゃあ、木林さんが帰ってきましたら、そろそろ帰りますかね」

「あ、あの」

そんな進にミズホが話しかけてきた。明らかに様子がおかしい。

「ああ、ミズホさん。どうされました」

「いえ、その、あの、方について、お、お聞き、したくて」

先ほどからそうだが、いつものクールでツンとした雰囲気がない。一体どうしたというのだろうか。

「ええと、あの方？　ひょっとして、木林さんのことですか？」

「そうです」

「あまり、個人情報を他人にいうのは総務としての心得に反するのですが……のっぴきならぬ事情がありそうなので、お教えしますね。木林裕之さんです。裕之と書いて、ひろし、さんですね」

「お仕事は？」

「在宅ワークで、プログラマーをされていたとのことです」

「!!………やっぱり、びろぢ、様」

ありがとうございます……と礼を述べてから、ミズホは真剣な表情で明日夢の前に立つ。

「リーダー。お願いがあるのですが」

「おや、なんですか、ミズホさんがお願いとは珍しいですね」

「私を追放してくださいませんか」

「はあああ!!????」

一体、この島で今何が起きているのだろうか、明日夢にはまったく意味が分からなかった。

森山瑞穂(もりやまみずほ)、22歳。彼女は神奈川県の郊外で暮らしていた。コンピューターの専門学校へ行った後は、ゲームのデバッカーをして生活をしていた。実家暮らしなのでそんなに高い給料も必要なく、内向的な性格なので、なるだけ人と関わらずに生きていく、そんな生活が気に入っていた。

そんな彼女だが、デバッカーとなり、ゲームのテストをするうちに仕事に対しての誇りややりがいを感じるようになってきていた。それは良いことだったのだが、彼女の人生の中で今まで、強固に持った自信や誇り、それを打ち砕かれるという経験、挫折というものがあまりにも足りていなかった。

そんな時、あるゲームのデバックの仕事を受けた。格闘アクションＲＰＧで、それはミズホが今まで体験したことのない、素晴らしいゲームだった。

そのゲームを企画した「森林我原岩次郎」は数々のヒット作を生んだ名プロデューサーで、彼が企画するゲームには、常にあるプログラマーの名前があった。木林裕之という名前だ。ミズホはそのプログラマーの名前を知ってから、一種のファンになっていた。

「森林我原」からは絶大な信頼を得ているのだろう。木林裕之という男性は確実にそのゲームのテーマやプランニングを理解した上で、その世界を作り上げる能力があった。例えば、構想は素晴らしいのだが、ゲームシステムやグラフィックが追いついていないゲームは数多存在する。ボタン操作一つのラグにしても、容量やプロトコルの違いで動作が確実に変わってくる。

彼が関わるゲームは、完成度が頭一つ抜けているというのが瑞穂の印象であった。

木林は在宅プログラマーなので、一体どういった人物なのかは分からなかったが、尊敬と憧れを抱いていた。

そうして、完成したのが『ウォーウォーウォーフォー』である。

アバターを操作して、RPGの世界でコマンド入力で敵と戦うという斬新なゲームに老若男女問わず心を掴まれ、その楽しさは一気に広まった。

だが、リリースしてからすぐに問題が発生した。ユーザー間同士の戦闘における、絶命までの追い込みである。ユーザー間での戦闘の場合、手に入る経験値が桁違いで、アイテムも高価なものだらけ。更に倒れた後に八回攻撃を食らうと、プレイヤー自身のデータが消えてしまうという、大きな問題だった。

だが、それが受けたのだ。「死への8ダメージ」と呼ばれ、キャラクターをかけた闘いなどと有名動画サイトにアップされてから『ウォーウォーウォーフォー』は実際の対戦格闘ゲームさながらの対戦要素がリアルに再現されているとして、無慈悲な、格闘サバイバルゲームとして、玄人に好まれるようになった。

瑞穂は混乱した。

普段なら自分がデバックしたゲームに対して、そのような気持ちは抱かない。デバッカーは一人だけではないし、見落としは自分だけの責任ではないからだ。

公式も「追撃行為は推奨いたしません。ネット間でのマナーを守って、『ウォーウォーウォーフォー』をお楽しみください」とだけアナウンスをして、修正を行うこともなかった。

しばらくして、木林裕之がプロジェクトチームから外れたという話を聞いた。

木林裕之の仕事を自分が汚したと思った瞬間、彼女のストレスは一瞬にして最大にまで振り切れ、世界は真っ白になった。

――私が、この世界を守らなくては……。

それからは、仕事も全て断り、家族からの言葉も聞こえなくなり、ただただ不完全なまま世に放たれたそのゲームをプレイして、渡り歩くことにした。

ターゲットは、無意味なＰＫを好んで行おうとしているプレイヤーである。

瑞穂は許せなかった。ＰＫを許すことは、すなわち、瑞穂や木林を否定することと同じなのだ。木林の無念を晴らすのは、自分しかいない。

このゲームを、瑞穂自身が、デバックしなくてはならない。その使命感だけで、寝る間を惜しんで瑞穂は一日中ゲームの世界を徘徊して回った。

ＰＫを阻止するために、ＰＫを行うＰＫＫとして恐れられ、気が付いたら憤怒の亡霊というあだ名までついていた。

自分の思考がおかしな方向へと進んでいることは理解出来た。だが、何故か立ち止まることが出来なかった。

気が付けば、ゲーム内で一番プレイヤーキルを行っているプレイヤーとして有名になっていた。

──ここまですればどうだ。運営も流石に無視出来ないだろう。

だが、そんな彼女の前にある日突然、一人のユーザーが現れた。びろぢという、何も装備していない、全裸のふざけたプレイヤーだった。

『ようやく見つけましたぞ。トライエッジ殿……じゃなかった、HOZUMI殿』

『………KOROSU』

ふざけたユーザーがちょっかいをかけてくることは多々あった。その度にミズホはキルまではしなくても、めったためたに叩きのめしていた。

簡単だ。ミズホは運営から奪った最強装備で武装している。空中に浮かせてしまえば、死ぬまで嵌めることが出来るのだ。だが、全裸の男は素早い動作で瑞穂を翻弄してきた。小アッパーで敵を浮かせようとするが、寸前でスウィーと避けられる。それならと間合いを詰めて隙をつき、投げ技を繰り出そうとするが、差し出した手を払われ、そのまま逆に投げられてしまう。

──こいつ、強い。プロか?

雇われたプロゲーマーが、自分を始末にしにきたのだと、瑞穂は悟った。

気が付くと、一度もダメージを与えられずに、ミズホは倒れていた。

『KOROSE』

『殺さないでござる』

『ＫＯＲＯＳＥ』

『ゲームとは――冒険とは心躍る摩訶不思議アドベンチャーですぞ。人々の夢を、拙者達は作ってきました。冒険は、玄関から出なくても始まる。だけど、他人の大切な命を奪うのは、たとえ相手がＰＫだとしても、よくないでござる』

『……誰？』

『拙者、このゲームのプログラマーでござる。そなたは多分、デバッカーの一人の方でござるな。拙者のミスでござる。あなたが気に病むことはないでござる』

プログラマー？　ユーザー名はびろぢ。びろぢ。まさか……。

『――木林、裕之さん？　あなたが？』

全裸の男が、笑顔で頷く。

『分かるでござる。貴方のデバック報告には、いつもゲームを良くしようという、ゲームへの愛情とリスペクトに満ち溢れていたでござる。それが、見誤ってしまったことにより、また、そのミスのお陰で逆にゲームに人気が出ることに、今までのご自身の地盤が揺らいでしまったのだと思うでござる』

その通りであった。だが、それだけではない。大義名分を背に、ゲーム内で暴れまわることが楽しかった。自分はそういう人間だったのだ。

『だから、ＰＫをする方を許せなかった。自らの手を汚してでも、このゲームを正常なものに修正したかったのでござろう』
100%間違いなく、彼の言う通りであった。何も間違っていない。だけど、それだけじゃない。

『それ、だけじゃない。私は、楽しんで……』

『それ以上は何も言わないで良いでござる。拙者、このゲームを作った責任として、しばらくはこの世界の治安を守るために尽力するでござる』

『……あの、あの、私もご一緒させてもらっても、良いでしょうか？』

自分が言えた義理ではないが、そう懇願すると、びろぢはニッコリと微笑んだ。

『勿論ですぞ。我々、プロジェクトから離れてしまったとしても、このゲームを作りし同志。言ってみれば父と母のようなものですぞ！』

『父と母……なんて……そんな……素敵』

それからは夢の日々だった。

びろぢと毎日冒険に出る日々。

彼はゲームの動画配信を行い、その収益を全て瑞穂に振り込んでくれた。彼は折半だと言い張っていたが絶対に違う。

それを問いただすとびろぢは照れくさそうに『拙者、新しい会社に雇ってもらったので、お金は大丈夫なのでござる』と笑い、更に心臓のど真ん中をぶち抜かれた。好きすぎて息が止まるかと思った。こんな気持ちは生まれて初めてだった。

瑞穂がピンチの時は必ず身を挺して守ってくれるし、回復魔法のコマンドも唱えてくれる。イベントやミニゲームなどは瑞穂を優先してくれるし、まずクエストの待ち合わせで瑞穂より後に来たことが一度もない。究極のフェミニスト、というか、天性で女性から好感を持たれる人物なのだ。そのアバターが全裸の濃ゆい眉毛の角刈り男だとしても、それでもやはり男性は見た目ではなく。いや、びろぢに関しては、その彼の内面の輝きのお陰で外見まで格好良く見えてしまうのだ。

日に日に瑞穂は彼のことが大好きになっていった。勿論、闇に落ちた自身を救ってくれたこともある。だが、彼からは一切の打算も感じられない。本当に、純粋に、ゲームを愛していることが窺えた。

瑞穂はどうしても、現実で礼を言いたかった。木林に会いたかったのだ。

だが、それだけは、優しい言葉で拒絶された。

正直言って、彼の見た目がどれだけ醜く、頭が禿げ上がり、加齢臭が漂っていたとしても、それでも瑞穂はびろぢ、いや、木林裕之に交際を申し込むつもりだった。いや、結婚を申し込むつもりだった。それだけ、彼は内面から光輝く、魅力的な人物だったのだから。

そして、その日がやってきた。

毎日、彼と『ウォーウォーウォーフォー』内のチャットで会話をしていた。

『今日は電車にひかれかけて、大変だったでござるｗｗｗ』

『本当ですか！！？？？　気をつけてくださいね！』

聞くと、現実でもヒーローみたいな行動をとる彼を心から尊敬すると同時に、その助けた女子高生とやらがびろぢに言い寄ってこないか、気が気じゃなかった。

『その所為であに森が潰れてしまって……』

『あ！　それなら私、買いましたから、送ります!!　だから住所を……』

『いやいや。それには及ばないでござる。新しいものを神のジャージを着たおじさんから頂きましたから！』

『神のジャージ？？？？？　なんですかそれ？？？』

『やや！　よく見てみると「はたらけ！　おじさんの森」でしたぞ！』

『ええｗｗｗｗｗｗｗｗｗｗｗなんですかそれ⁉　偽物のゲームをつかまされたんです

か？』

『今からプレイするでござる。ドキドキ………』

　それから、木林からの返信が途絶えた。

　瑞穂は安否を気にするDMを五百回ほど送ったが既読すらつかなかったのを見て、びろぢが一体どこに行ってしまったのか、調査を開始した。

　調べて調べて調べぬいた。一睡もせずに、インスタグラムやツイッター等、様々なSNSで入手した情報を整理すると、全国の「森」とつく苗字の男性、いや、おじさんが奇妙なおじさんからゲームをもらったという報告が幾つかあったのだ。そして、その後から、そのおじさん達はSNSで発言が途絶えている者がほとんどだった。

　——森が名前につくおじさんの大量失踪？

　木林は森ではないのだが、確かにおかしなおじさんからゲームをもらったと言っていた。「木林」が「森」認定されたのかもしれない。

　そんな折、花屋をやっているアカウントがあに森を買いに行くと呟いていた。普段から投稿している花の写真や店の外観から場所を特定して、彼の後を尾行してみることにした。

彼はゲームショップに行く道すがらに通る公園や民家の花々に水をあげていっていた。あに森はいいのか、と気になっていたところ、その眼鏡の男は視(み)えない誰かから声をかけられているように話し始めた。

　普段の瑞穂なら一切関わらずにそのまま警察に通報するだけなのだが、木林の話とそれからの顛末(てんまつ)を知っていたから、ピンときた。多分、これが、おじさん失踪事件に繋(つな)がる、鍵なのだと。

　花屋の眼鏡の男性は、誰にも視えない者と会話して、視えない何かを受け取った後に、そのまま帰っていった。

「…………」

　彼女のゲーマーとしての勘が伝えていた。ここには何かがある。バグなのか裏技なのかは分からないが普通のユーザーには見えない「隠し扉」のような、何かが。

　そして瑞穂は空中に向かって語りかける。

「誰かいるんでしょう?　姿を隠してないで出てきなさい」

　女性が宙を見て話しかけている、まさに先ほどの眼鏡の不審な男と同じだが、世間体を気にしている場合ではなかった。木林に危機が迫っているかもしれないのだ。

しばらく、五分か十分か、虚空を睨(にら)みつけていると、どこかから声が聞こえてきた。

――勘の良くてロックなレディは大好きだぜＯＺ!!

それがおじろうとの出会いであった。

そこで彼に瑞穂の生き方がロックだと認められて、フラワー島の管理人となったのだった。

◇　◇

ミズホの話を聞いた進が大きく頷(うなず)いて彼女に共感する。

「そうですか。まさかミズホさんがあの有名なトライエッジ……ではなく、憤怒の亡霊(デバックゴースト)、ＨＯＺＵＭＩさんだったのですね」

「進さんは知っているんですね。私はあまりオンラインアクションゲームには疎(うと)くて。ていうか、ミズホさんって自分でこのゲームに飛び込んで、志願したんですね。凄(すご)いですね」

明日夢は、あれだけクールなミズホがここまで熱く語ってくれたことに、妙な感動を覚えていた。

「というか、木林さん凄いですね。ネットの中とはいえ、かなりの偉業を成した人じゃないですか」

「それはまあ、木林さんは基本的にずっと格好良いですし、それは人気です」

全ての話を聞いた明日夢は、ミズホの夢を叶えてあげたくなった。

「ミズホさん。木林さんの元へ行っていいですよ」

「……………だけど、管理人がいなくてはスタンプだとか」

「それはまあ、おじろうさんに掛け合ってみたらなんとかなるでしょう。幸せを願うのが島リーダの務めですよ」

「リーダー…………ありがとうございます」

泣き笑いのような顔になり、ミズホは深々と頭を下げる。そこに丁度木林が散策を終え、服はボロボロ、眼鏡も半分割れた状態で帰ってきた。

「いやーー。ちょっと森の中を冒険しただけなのでござるが、崖から落ちたり川にはまったりと、大変でござった。ですが、知らない島を探索するのも楽しいものでござるな!!」

ボロボロにもかかわらずニコニコと笑いながら木林が近づいてくる。

「……ミズホさん。まずは木林さんにご自身の正体を明かされてはいかがですか?」

「そうですね。要は木林さんのためにこの世界にやってきたわけですから」

「……ひゃ、ひゃい」

進と明日夢に背中を押され、ミズホは木林の前に立つ。

「あ、あ、あの、その……き、き、き、木林裕之様……わ、わた、わた、わたしは……………――」

そして、ミズホは気絶した。

「ミズホさんんん！！！！？？？」

「大丈夫ですか、ミズホ殿」

「…………ぎゃあああ！！！！！！！！！！！！！無理無理無理無理無理無理無理無理無理無理無理無理無理！！！！！！！！！！！！！！！」

意識を取り戻したミズホは地面に横たわり、ゴロゴロと転がって喚き散らす。

転がりながら木林から数メートル離れた進と明日夢のいる場所へと戻ってきたミズホは、そのままの体勢で、白状する。

「無理です。話が出来ません。そもそも、ゲーム内でも格好良すぎて気絶しそうだったのに。もう、憧れが爆発起こしまくって、現実で話すには不可能です」

――えーーー、どんだけシャイなのこの人。

明日夢は今日一日だけでミズホへの印象が１８０度変わってしまった。

「なので、同じ島の住民になるのも無理です。今はまだびろぢ様はお客様なので辛うじて意識を保っていられますが、これが同じ島の住民となると、その瞬間に気絶してしまいます」

「なんで……」

「同じ島で暮らすなんて、ほぼ同棲じゃないですか」

「……ほぼ同棲ではないですよ」

「とにかく無理です。格好良すぎて……。反則じゃないですか、あんなに格好良いなんて」

「……まあ、近々同盟島になるでしょうし、そうなったらいつでも来れますからね。ゆっくりと、ご自身のペースでいきましょう」

結局、木林とミズホは文通から始めることとなった。そして、様々な収穫のあったフラワー島への訪問は終わりを告げるのであった。

29　おじさん島にようこそ!!

最近、おじさん達の様子がおかしい。

なにやら昼間の作業中も、授業中も、夜にかけてもソワソワしているように見受けられるのだ。

だけど、実際にスタンプやその周りに関しては特に異常はない。では一体何が起きているのだろうか。

それなら早朝に決まっている。おじさん達がなにかコソコソとやるといったら早朝以外に時間帯はないのだ。何故(なぜ)なら彼らは日中は働く。朝から晩まで働いて、それからはビールを飲みながらテレビをつけ、ニュースで一日と世界の情勢を知り、プロ野球の結果を数分で把握して、残ったビールと時間を頭を使わずに笑って楽しめるバラエティと共に溶かす。

その本質はおじさん島の生活に慣れた今となっても変わらない。彼らが何かを始めるには、朝しか選択肢が残っていないのだった。

気のせいかもしれないが、厳密にどうというのはないが、例えば秋良の鼻歌がいつもより半オクターブ楽しそうだったりだとか、山太郎の釘打(くぎう)ちが妙にリズミカルだとか、木林が「きょええええええ!!　ひょえええええええ!!」と意味なく奇声をあげる回数が多いだとかである。

ただし、それだけではまだ薄い。なによりも進の変化こそがおじさん島全体を俯瞰して見通すバロメーターなのである。

そう、ここ数日、進は常にスキップ気味なのだ。

普通に歩いている時も、学校で子供達に授業をしている時も、ぴょん、ぴょんと、どこか楽しそうに動いているのだ。これは完全に浮かれている証拠である。

——あの人達のことだから、別に島に関して問題がある行動をしているとは思えませんけど。管理人として、把握しておく必要はあるですです。

管理人としての責任感が3、好奇心が7という割合で、カンナは調査に乗り出した。

やることと言っても簡単。彼らの後を追うだけである。


次の日の朝、カンナはいつもよりかなり早起きをした。

というか、この島に来て初めての早起きかもしれない。

自然のままで、無理をせずに生活をしているため、お肌もツヤツヤである。もう、一生この島に、この世界にいてもいいと心から思っていた。

——というか、私、もしこの世界で一年でも過ごした後に現実に返されたら、向こうで生きていけない自信がありますます。

これは本音だった。おじさん達は日々知恵やその肉体を使って島生活に順応しているから、戻ったとしてもこの経験を生かして、よりたくましく生きていくことが出来るだろう。だが、管理人のカンナの仕事は基本的には監視である。たまにゲームやレクレーションや宴会に参加したりもするが、積極的に動くことはない。おじきちの恩恵を受けているから、物理的な、それこそ空腹からも守られている、半精霊的な存在でもあるのだ。

――ぶっちゃけていうと、スタンプだって勝手に押されますから。

そう、管理人の一番の仕事と思われている、ノルマを達成した時にカンナがベルを鳴らしてスタンプが押されるあのシステムも、実のところ、管理人は必要ない。今まで何度もベルが鳴らなくても、勝手にスタンプが押されたことがあるはずだ。あれはただの演出としての賑(にぎ)やかしで、逆に他の島では面倒でやっていない管理人もいるくらいだ。

――ですから、こういう時くらい、しっかりと島のおじさん達を監視し、管理しないとなのですです。

そんなことを考え、使命に燃えながら、皆が居住している家が見渡せる砂浜の岩陰で息を潜めるカンナ。

ふわああとあくびを一つした時に、人影が現れた。

秋良である。眠そうに伸びをすると、肩にスコップを担いで歩いていく。見ると、金髪の前髪を紐で結んでいる。あれをやるのは作業をする合図でもあった。

――秋良さんですか。こんなに朝早くから宝探しなんて、普段はしないはずですです。

カンナの読み通り、秋良は海岸を突っ切り、道のない森の前に行ったところで、周りをキョロキョロと窺う。

一応、管理人としておじさん達のデータは前もって全て知っている。カンナはそれを知ることに気が引けたが、おじきち達からすると「彼らの人となりを知ってもらいたいおじ。誰もがみな素晴らしいおじさん達であることを」という意味だったので、一応目を通していた。

それでいうと、秋良は現実に帰りたいはずだ。その理由が一番大きいのが彼である。

彼は甥っ子にゲームを買ってあげるために列に並んでいて、前の進が迷子の子供を保護したのが気になり、そのまま進に巻き込まれる形であにまるワールドへとやってきた。その甥っ子についてであるが、妹の息子で、その子を彼は本当に自分の子供のように可愛がっているのだ。

それには理由があった。彼の両親は秋良が高校二年生の頃に事故で亡くなっているのだ。秋良が高校を中退したと言っていたが、それは妹を養うために、早く働きたかったからでもある。

それなのに、彼はそれを正直に言わない。

それでいて、彼は山太郎の家族のことを気遣うのだから、お人好しが極まっているのだろう。態度は小学生みたいに終始凄まじく悪いのだが、一番優しい人間であることは間違いなかった。

そう、秋良のことを考えていた一瞬で、当人を見失ってしまった。

目を離したつもりはなかった。なかったのに、煙のように砂浜からは人がいなくなっていた。

「ええーー。なんでですか。一体どこに消えてしまったのでしょうか。まさか地面を掘って隠れたりしてして」

カンナは慌てて秋良のいた場所へと駆け寄る。

「えー、どこに行ったんでしょうか」

砂を何度も踏んで、下に埋まっていないかを確認するが、どこにもいない。そこでカンナは足跡を見つけた。自分の足を置いてみると、一回り以上大きい。きっとこの足の大きさは、秋良に違いない。

足跡を辿ると、森へと繋がっていた。なんのことはない。カンナがよそ見をしている間に、秋良は森へと入ってしまったのだ。だが、そこは木々がトンネルのようになっている森の入り口ではなく、背の低い草や木が茂った先に、人が一人通れるくらいの道である。今まで使ったことのない、隠し通路のようなもので、秋良はこの先へと向かったのだ。

「……なんでしょうか。やはり、隠居や管理人を差し置いて、何かよからぬことでも考えているのでしょうか？」

いや、彼らに限ってそんなことは誓ってないと思うのだが、こうも隠されると暴いてみたくなるのが人の性（さが）である。

「よし、なにがなんでも突き止めてあげますますますからねー。絶対にばれないように尾行してあげますますー」

「にゃにをしているネコ、カンナ？」

「ひゃあああああ！」

すぐにバレた。突然後ろから声をかけられて、驚いて飛び上がるカンナ。振り返ると、赤いワンピースを着たネコミがニコニコと立っていた。

「ああ、ネコミちゃんでしたか」

「どうしたネコ。カンナがこんな時間に起きてきているなんて、今までに一度もなかったネコ。何か大事件でもあったネコ？」

「そう面と向かって言われると自分のダメ人間さを自覚してしまって情けなくなってしまいますけど。いや、あのですね、おじさん達が最近こそこそしているみたいでしてして……」

そして、カンナはネコミに簡単に事情を説明した。

「なるほど。そういえば、確かに最近、ススムはネコミと遊ぶ時間が減っているネコ。わかったネコ！　ネコミも協力するネコ！」

五感の優れた猫族が協力してくれるとは、なんとも頼りになる。

「よし、ネコミちゃん。後をつけましょう」

カンナはどこから出したのか、トレンチコートと探偵帽を取り出すとネコミに被せる。

「ネコカン探偵団、発足ですです!!」

「にゃあ!!」

ネコミもノリノリでポーズを決める。ネコミは茂みの下を、カンナは横をすり抜けて、秋良が行ったであろう森の道へと入る。

「ああ、狭い獣道なので、どこが道なのかも分からないから、どっちに行けばいいかも分からないですです。もうお手上げですです！　がびん」

「いや、まだ諦めるには早いネコ、カンナ君」

「え？」

そう呟くと、帽子からはみ出した耳がピクピクと跳ねる。

「地面を見るネコ。こちらにアキラの足跡、いや、アキラだけじゃない、昨日より前についた他のおじさん達の足跡もあるネコ。更に、その先の方で跳ねるような足音が聞こえるネコ、アキラが走る音ネコ」

「ネコミちゃん。そこまで分かるんですか?」

「にゃっへん！　探偵ネコミちゃんと呼ぶネコ」

「はい、探偵ネコミちゃん」

　素直に言うことを聞くカンナを見て嬉しそうなネコミ。ノリノリである。多分、こういったごっこ遊びを今までやったことがないのだろう。

「どうしますか探偵ネコミちゃん?　秋良さんを追いかけるんですか?」

「いや、このままアキラを追ってもネコミはともかくカンナの足じゃ追いつけないネコ。それに今アキラは強化されて目が良くなっているネコ。目が良くなるってことは遠くから振り返られたらネコミ達の姿が見えてしまうということネコ」

「そんなあ」

　落ち込むカンナに探偵ネコミはチッチッチと肉球を振って励ます。

「さっきカンナが見逃したのはアキラネコ。だけど、ネコミはススムが起きた気配で目を覚ましたネコ。そうして、島を散歩しているところにカンナに出くわしたネコ。つまりはまだススムの方がアキラよりも先に進んでない可能性があるネコ」

「なるほど。確かに、私も一番に早起きして、それから最初に、まだ進さんを見ていません」

「そうネコ。だからこの先の方で今度はススムがやってくるのを待ち伏せして、今度こそ見失わないように追いかけるんだネコ」

「流石(さすが)です探偵ネコミちゃん。それだったら、ひょっとしたら山太郎さんや木林さんが来る可能性もありますからね……」

思ったよりもしっかりと探偵をしてくれるネコミに、カンナは頼りっぱなしだった。

「そういうことだネコ。つまり、チャンスはあと30回ある、ということネコ」

「3回だと思います、探偵ネコミちゃん。だけど、名推理です！」

算数で習った知識を使いたくて仕方ないらしい。てへへと舌を出してペロッと舐(な)めるのであった。

「あ、聞こえるネコ。ススムがなんだか楽しそうにこっちの方へ歩いているネコ」

次の瞬間、二人は息を合わせてサッと岩陰に隠れた。すると、進は二人に気が付かずにふんふんと歌を口ずさみながら獣道(けものみち)を進んでいった。

「君と会うためにーー、ぼくはーーー、君をーーー、見ているーー、なんて、そうさーー。恋の話をーー」

「よし、じゃあ追いかけましょう」

「にゃあ！」

今度こそ、見失わないようにしなくてはならない。

「歌ってましたね、やっぱり進さんもご機嫌みたいですね一」

「ススムは歌が好きネコねー」

「あ、そうなんですね」

「うんネコ。家でもよく歌っているのを耳にするネコ。キバヤシのぶぶらーと?」

「ビブラートですです」

「そうそう。その、ビブラートを羨ましがっていたネコ。よく、海辺で一緒に歌ったりもするネコよー」

そう言って、ネコミは進から教えてもらったという歌を披露する。

「どーこーまでもー、どーこーまでもー、消えろ消えろ、おすずのけしごむーー♪」

「うわあ、おすずの消しゴムのテーマですね。凄い、ネコミちゃん上手ですです」

「えっへん」

それからネコミが、他に進から教えてもらった歌を幾つか披露しているうちに、開けた海岸に出た。

カンナとネコミはそのまま出るわけにはいかなかったので、森の出口でしゃがみこんで、進の動向を見守る。

進はやはり上機嫌のまま、ふんふんふんと鼻歌を口ずさみながら、スコップで砂浜を掘る。アップデートでスーツが強化されて、確実に動きにキレが増している。楽し気に凄い勢いでズンズンと土を掘り、大きな穴が出来ると、そこに飛び込んだ。

丁度進の顔がひょこっと地面から顔を出しているぐらいの穴である。それを計算して掘ったのだろうか。更に周りの砂を進は慎重に自分が入っている穴へと流し込んでいき、気が付くと本当に地面から顔を出しているだけとなった。

「ああ！　ススム埋まっちゃったネコ」

「助けに行きますか？　まあ、自分で埋まったみたいですけど」

「ネコミ、行きたいネコ！　自分で埋めたにしてもススムがピンチネコ!!」

「いや、でも自分で埋まったんですから、大丈夫かと。ネコミちゃん、我慢してください」

カンナの制止も聞かず、今にも進を助けにネコミが飛び出そうとした、次の瞬間である。

「ばあッッッ！！！」っと大声をあげて、進は砂煙と共に地面に姿を現すのであった。


「……………………」

「……ススムは、一体何がしたかったのかネコ」

「分かりません。分かりませんけど……何か、進さんもリーダーとして疲れているのかも。管理人としてケアを考えないといけませんかもかも……」

カンナが管理人として精神を心配しているうちに、もう一度進は自分を砂の中に隠した。

「あ、わかったネコ。あの中に隠れて、ヤマタロウとキバヤシを驚かそうとしているんだネコ」

「えー、進さんがそんな子供みたいなことしますかねえ？」

「多分、それであっているネコ。ほら、後ろから、ヤマタロウとキバヤシの足音と楽しそうな話し声が聞こえてくるネコ！」

「うわ、それなら私達も隠れないといけませんよ！」

ここは家から森を通り、見慣れない海岸へと続く道の真っ只中である、道は一本道だから、山太郎や木林も先ほどの道を通ってくるに違いない。

丁度今は進も砂の中に埋もれているから、砂浜に逃げても問題はないだろう。カンナとネコミは手を繋いで砂浜を駆け、岩場の陰に駆け込んだ。それと同時に、先ほどまで彼女達のいた場所から、山太郎と木林が姿を現すのであった。

「いや、にしても山太郎殿が脳髄プリティガール、脳プリを好きだったたなんて、奇遇ですな！」

「いや、孫娘が観ているからのう……。好きというか、誕生日プレゼントなどでねだられてな。あれもなかなかグッズが沢山あるから全部集めるのが大変じゃ」

「そうですよね。点滴で変身するのは斬新でござるが、薬剤によってキャラクターカラーが変わったりパワーアップするのは尊いといいますか。素敵でござるよなー」

二人は談笑しながら、進が隠れている場所のまさに真横を歩く。

「あれ、やっぱりススムは隠れているんだネコ」

「そうみたいですね」

「ばあ!!」と言っていたのは練習で、砂から姿を現して二人を驚かせるつもりなのだ。

山太郎と木林が進が埋まっている場所を通り過ぎた、次の瞬間、進は動いた。

「ばあ!!」

「やや!! 山太郎殿!! そちらに岩がありますから、足を引っかけないようにお気を付けください」

「ああ、そうか。危ない危ない。ありがとうな木林君」

なんということだろうか。進が二人を背後から驚かそうと砂の中から登場した瞬間、木林が大声を出して、被(かぶ)ってしまったのだ。

そして、こともあろうに、後ろの進には気が付かずに、二人はスタスタと先へ進んでいく。

「……完全に失敗したネコ」

ネコミにも理解出来るほど、完璧な失敗だった。カンナはこれを自分達が客観的に見ていても大丈夫なのかと思うほど、いたたまれない気持ちとなった。

「これ、進さんはどうやって挽回(ばんかい)するんでしょうか?」

「ススムなら多分、何事もなかったように合流するネコ」

「そんな……そんなことって、出来ます?」

「意外とそういうところがあるネコ、ススムは。前も料理を失敗して全身ソースだらけで朝起こされたけど、特にそれには何も触れずに一日が終わったことがあったネコ」

「そんな……」

にわかには信じられなかったが、おじさん達を尾行しているカンナとネコミには術がない。

その後、進は何事もなかったように砂から這い出ると、先を歩いていた山太郎と木林に話しかける。

「山太郎さん、木林さん。おはようございます」

「あや、進殿。一体どこにいたでござるか?」

「おはよう進君。どこにいたのじゃ?」

「やや！　砂まみれですぞ!?」

当然、突如現れた理由を訝しく思われるが「いえ、ちょっと、あはは……」と、ただ笑って誤魔化そうとする進に、カンナはなんだか見てはいけないものを見てしまったような気がした。

おじさん三人はそこからまた別の森の中へ入って、歩きだした。

「もうすぐ、極楽行きが決定ですな。グフフフフフ。今日が楽しみでした」

「極楽行きは決まったも同然じゃな」

おじさん達の会話について、後ろから尾行しているネコミが尋ねる。

「ゴクラクってどういう意味ネコ？」

「えーと、天国？　というか、あの世といいますか？」

それを伝えると、ネコミが不安そうな顔を覗かせる。

「あの世ネコ？　ススム達、死んじゃうネコ？」

「ええ、まさか、そんなことないと、思いますます」

更に進達を追いながら歩くと、徐々に視界が悪くなってきた。

「なんですかこれは、白いモヤ」

「モヤ、ネコ？」

「煙、ですかね。いや、そうじゃなくて……。これは……ガス？」

カンナのその言葉に、ネコミが敏感に反応する。

「ガスネコ？　ガスは危ないって、アスムがリカの授業で言っていたネコ！　やっぱり何かあぶないことをやっているネコ？　いやネコ。ネコミ、ススムが、アキラも、ヤマタロウも、いなくなったらいやネコ!!」

みるみるその丸い瞳に涙が溜まり、零れ落ちる。その健気さに、思わずカンナはネコミを抱きしめる。

「大丈夫です！　おじさん達はネコミちゃん達の守り神なんです。そんな人達が、そう簡単にいなくなったりするわけありません!!」

そのことに関してだけはカンナは自信を持って断言出来た。

彼らは自分達のことより、他人を優先する、最高のおじさん達なのだ。子供達を悲しませるようなことをするはずがない。

だけど、いつまでもこのままこちらでこそっと後をつけているのも気が引ける。

「だけど、そうですねー、そろそろ出ていって話を聞きましょうか」

「そうネコ」

そう決めて二人（一人と一匹）が姿を現そうとした時、山太郎の絶叫が響き渡った。

「あー！　極楽極楽じゃ！！！　最高！！！　最高じゃあああああ！！！」

一体何事だろうかと、カンナが目を凝らすと、

そこには、白いモヤに包まれる全裸の山太郎がいた。

「…………………」

何も着ていない、全裸である。白いモヤ、いや、湯気の中でもその筋肉は隆々である。

彼は62歳だったはずだが、これだけ鍛えられた身体は見たことがない。仕事を離れたと言っても、剣道の心得があるのだから、きっとそれだけ鍛錬を重ねてきたのだろう。いたる所に大小の傷がある。きっと、仕事か試合でついたのだろうが、その歴戦の雄姿を感じさ

せるのも、猶更惚れ惚れするような肉体美であった。

山太郎は大きな煙の立つ湖、いや、これは温泉である。そう、温泉に浸かっていたのだ。

頬が上気しているところを見ると、かなりの熱さのようである。

「あーー！　極楽じゃのう!!　本当に、あにまるワールドで温泉に入れるなんてのう」

「極楽って言っているネコ……。ヤマタロウ、このまま死んじゃうネコ？」

「いや、これはですね……」

まだ震えているネコミだが、事情を一瞬で悟ったカンナは安心するように微笑みかける。そこに、秋良の声が聞こえてきた。

「アチチ!!　いや、流石にこれは熱すぎるだろうって！　極楽じゃねえよ。ここまで熱いと地獄じゃねえかよ」

当然、秋良も何も身に着けていない。彼は手でお湯に触れてはすぐに引っ込め、足をつけようとしてはのけぞり、まったく中に入れる様子がない。ひいひい悲鳴をあげながらお湯の中を暴れまわっている。

「まったく、秋良君は我慢が足りんのう。これくらいで」

「ふん。そんなこと言って、山太郎の棟梁だって顔が真っ赤だぜ！　やせ我慢は身体によくないし、これは流石にガキ共も入れねえじゃねえか」

「ふん……。それならどうやってこのお湯を冷ますかのう」

「じじい専門の温泉にしちまえばいいんじゃねえの」

そう冷やかすように笑うと、山太郎は手でお湯を払い、秋良にぶつける。

「ぎゃああああああ！！！！　あちちちちちちちちち！！！」

悲鳴をあげる秋良に、きゃっきゃと心から楽しそうに笑う山太郎。二人のおじさんが全裸ではしゃいでいるのを、カンナはこっそり茂みの陰に隠れながら眺めていた。一体自分は何を見させられているのだろうか。

カンナは完全に事態を把握していた。これは温泉だ。温泉を見つけたおじさん達があにまるの子供達や管理人のカンナ達に内緒で掘り起こして、入浴出来るまでの形にしたのだ。周りにスコップなどが刺さっているのを見ると、きっと初めは小さな源泉だったのを、仕事の合間を使い、ここまで大きくしたのだろう。直径5メートルはある大きな温泉の周りは流れをせき止めるように複数の大きな岩で囲まれている。

本当に、こういう秘密基地というか、ロマンが好きな生き物である。これは、おじさんではなく、男、という生き物なのだろうか。

山太郎が秋良に何度もお湯の礫(つぶて)をはじくと、秋良が体勢を崩して湯船に落ちた。

「うわあああああああああああ！！！！！」

ザッパーンと水しぶきを上げて全身に熱いお湯を受ける秋良。

「あちいいいいい!! ったくクソジジイ!! 貴様(つか)!!」

金髪のおじさんが怒り、白髪のおじさんの頭を掴んで湯船に沈めようとする。だが、白髪のおじさんはげらげら笑いながら鍛え上げた首筋を駆使して、ビクともしない。子供のようにじゃれあい、喧嘩(けんか)をする裸のおじさんの姿がそこにはあった。

——本当に何を見せられてるの? いや、勝手に覗(のぞ)いているだけなんですけど……。

見てはいけないものを見ている気分である。

このまま隠れていると具合が悪いことはカンナも気が付いている。いるのだが、ネコミを連れてここから離れるのは難しい。なので、ここで隠れて見ていることしか出来ないのだ、とカンナは自らに言い訳をするように、おじさん達の全裸の宴(うたげ)をガン見していた。

「あーーー。あちい!! けど……マジ気持ち良いなあ………」

しばらく浸かっているとお湯にも慣れたのだろう、秋良も落ち着いて湯船に座り込んだ。

「はっはっは! まあまあ、折角(せっかく)の温泉で喧嘩などしていてもつまらないでござる。皆で仲良く入浴しませうでござる!!」

そこで、奥から一見して誰だか分からないロン毛のハンサムおじさんが現れた。声から判断すると、木林である。彫(ほり)の深いその顔は、昔、テレビドラマを賑(にぎ)わせたトレンディ俳優が良い年の取り方をした、まさにそれである。本当に訳の分からないスペックである。

手足も長く、少し痩せすぎなことを除けばスタイルも抜群なので逆に気持ち悪いくらいに格好良い。

「はっはっは！　それではいきますぞ。とう!!」

木林は笑いながら、躊躇うことなくその湯船に飛び込んだ。

「拙者は熱いお風呂には結構強くてですな。母上や祖父上が江戸ッ子だからでござるかねえ」

そう言って木林は温泉を楽しそうにすいすいと泳ぎだした。

さて、木林の身体を観察してみよう。元々はひょろ細い体格だったのだが、しばらくのこの島生活で身体は鍛えられており、かなりたくましくなっていて、正直カンナは一番ドキリとした。こんなことを考えていると、チュンリーやミズホに怒られてしまうに違いない。流石は素材と中身が抜群に良い男、といったところである。

そして、大トリに控えて登場したのは、腰にタオルを巻いて現れた進である。しっかりと雰囲気をつくるために木桶も持っている。

更に流石は良識ある島リーダー。しっかりとタオルを腰に巻き、コンプライアンスを守っている。と、カンナはよく分からないことを考えた。

驚いたことに、進の身体も山太郎ほどではないが引き締まっていた。きっとこれは、武道で培われた肉体に違いないと、カンナは確信をもってまじまじと眺める。

進は先に温泉に入っている面々を満足そうに見つめながら、すぐには入らない。

「うーん。しっかりと地面は固められて、良いですね。これは、商売にもなりそうですね」

「あはは。進さんはやっぱり島のこと優先かよ。早く入りなよ。進さんだって楽しみにしてたじゃねえかよ滅茶苦茶」

秋良に茶化されて照れたように笑う進。そして、桶で体にお湯を流して熱さに慣れてから、足からポトリと中に入った。

「ああ……」

痺れるように、嗚咽のようなため息を漏らす。その艶めかしい様子にカンナはドキドキしてしまった。

「どうかのう？」

「熱い。凄く熱いですけど……あああああああああ、良いですねえ。凄く、良いです」

お湯の温度と同じくらい熱い眼差しを山太郎に向ける。

外したタオルを頭にのせ、お湯の中で空を仰ぎ見る。

「最高に、気持ち良いですねー」

進は温泉が本当に好きなようで、感動していた。

「ススム。嬉しそうだネコ。多分、ずっと嬉しかったんだネコ」

「ああ……」

　そこで合点がいった。前日から様子がおかしく、あれだけはしゃいでいたのは、今日、温泉に入るのが楽しみだったからである。

「ああ！　ビールを飲みたいぞ！！！」

「いや、朝だから!!　流石に大人として頭おかしいだろう!?」

「そうじゃろうが、なんとか出来んかのう！！？？　あ、そうじゃ!!　交代制にしたらどうかの？　交代制じゃったら一人が飲んで、他の人間は飲まない！　これでいけるじゃろう？　よし、今日は手始めにワシが飲むとしようかの」

「おいジジイ!!　何であんたが最初になるんだよ」

「年功序列じゃ」

「うるせえこの飲んだくれジジイ！」

　例のごとく、言い争いが始まっていた。

「いや、えーと。これ、私達、どんな状況ですか？」

「にゃ？」

「えーと、初めは進さんを尾行しているだけだったんですけど、いつの間にかこうなっちやったんですけど、気が付くと……」

……おじさん達の入浴を覗いている、なんて。

もしも、これがバレたら、カンナはどうなってしまうだろうか。

ネコミは特になんとも思っていないようで、へらーっとした顔をしている。まあ、それもそうだろう。子供だし、あにまるなのだから、おじさん達の裸を覗いたところでなんとも思うまい。

だが、カンナはそうもいかない。うら若き乙女なのだ。おじさん達を尾行までして、最終的に入浴を覗いているなんて知られたら、管理人としても乙女としてもこの島でやってはいけない。

「ネコミちゃんずらかるです」

「え？　なんでネコ？　ススム達に挨拶していかないの？」

「いかないです!!」

カンナは後ろを振り返ると、そのまま一目散に退散しようと駆けだす……が。

「あ、カンナ。足元に木の根っこが……」

「きゃあああああ!!」

木の根に足を引っかけて、カンナはそのまま頭から転がってしまった。その叫び声を聞いて、おじさん達も騒然となる。

「どうされました？」

「だれですぞ‼」

「覗（のぞ）きか⁉」

「ぎゃあああ！！　エッチいいいいいい！！！」

カンナの悲鳴の後に、おじさん島の温泉で、全裸のおじさん達の悲鳴が響き渡った。

◇　◇

「いやー、すまんかったすまんかった！」

「あはは。驚かせようと思って作業していたのですが、段々熱中してきてしまいまして。こうなったら本格的にしっかりしたものに仕上げてから皆さんにお披露目したいなと思い……」

「それならワシ達で早起きして作業して、温泉っぽくしようと画策したんじゃ」

覗き犯と疑われたカンナが事情を話すと、おじさん達はコソコソと行動していたことを素直に謝罪してくれた。

「最初は本当にちょろちょろと出ていただけだったからのう。大変じゃった……」

今でもかなり熱いが、なんでも最初はもっと高い温度で、それを調節するためにかなり知恵を絞ったとのことであった。

浴槽部分をスコップで広げたり、岩で周りを囲むなど、過酷な作業であったが、温泉に入るためならと、おじさん達はまったく苦ではなかった。

「凄(すご)いです！　完全に温泉じゃないですか。」

「ネコミも入ってみたいネコ！！！！」

「そうですか。どうせそろそろお披露目するつもりでしたので、今日は温泉の授業といきましょうか!!」

「温泉の授業って、なんだよ……」

◇　◇

早速あにまる達を呼んできて、早朝の温泉のお披露目式が始まる。

「オンセン!?　オンセンって何だブタ！　新しい料理かなんかブタか!?」

「オンセンっていうのは大きい風呂ということだパンダ」

例のごとく、ブタサブロウが何も知らず、パンダが教えてあげている。

「楽しいのか？」

「そりゃあ、最高パンダ！　おいススム！　早くオンセン」

温泉と聞いて、一番食いついてきたのがパンダだった。

「へー、意外とパンダってお風呂好きなんだ」

「ネコミはお風呂は好きじゃないネコ。だけど大きなお風呂はなんだか楽しそうネコ！

ススム達も楽しそうだったネコ」

湯気の出る温泉の前で、進が腰にタオルを巻いたままの状態で話し始める。

「さて、今日は温泉の授業です。温泉とは元々空から降った雨等が地中深くまで潜り、その下の数千度のマグマで熱せられて循環してきたお湯が地上に上ってきたものでして、その中にはカリウムやミネラル等、健康に良い効能等が含まれておりまして……」

「いやススム。そんなの今度でいいから、早く温泉に入れろだパンダ！！」

パンダのその意見には全員が賛成だった。

子供達は服を脱ぎ去って、そのまま湯船に飛び込む。

カンナもバスタオルを身体に巻いて、中に入った。

「うわああ。温泉ですですです!!　まさか、あにまるワールドで温泉に入れるなんて、感激感激感激ですですです♪」

「うわあ。なんだこれ、熱い湖ブタ!!」

「熱いネコ！」

「はっはっは!!　そんなんで熱がってんじゃねえよ。お子様だなあ」

「ふん、自分も同じくらいきゃあきゃあ言っておったではないか……」

子供達がきゃあきゃあ言いながら熱がる様子を見て、おじさん達もなんとも楽しそうである。そんなほのぼのとした光景を眺めながら、進が嬉しそうに、しみじみとため息を吐く。

「ああ……なんて平和なんでしょう。こんな時間が、ずっと続いたら良いですねえ……」

「あぁあぁあぁ～～～。良い湯でござるうぅうぅうぅうぅうぅうぅうぅうぅ～～～～。びばのんのおぉおぉおぉお～～～～～～～♪」

「…………うん」


次の瞬間、ポンポンポンと、進の腕に30個スタンプが押された。

「あれ？　これ、なんでしょうか？」

「ええと、これは、なんのスタンプですかねですかね？」

油断していたカンナも、理解出来ずに進の腕に押されたおじきちの顔をマジマジと見つめる。

「今、このタイミングで30個……？　30オジっていったら、何がありましたかね？」

そこで進は「島ソングを作る」や「レクレーションを開く」など、30オジのスタンプノルマを幾つか暗唱してみるが、どれも今の状況に当てはまるものはない。

「うーん。どれも違う感じですぞ」

「ひょっとしたら『全員でお風呂に入ったら』とかいうボーナスかもしれんぞ」

「いやあ、確かそういうのはなかったと思いますけどけどー」

「…………ちゅん？」

そこで、チュンリーがふと「ある可能性」を思いついて、呟く。

「ひょっとして、ひょっとしてでスズメけど………『新しい住民を増やす』？？」

「…………」

「…………」

「…………」

「…………」

「…………」

「…………」

「…………」

「…………………」

「…………………」

　そこで、全員が一斉にパンダを見た。パンダは呑気(のんき)に、実に気持ちよさそうにふんふんと鼻歌を歌いながらすいすいと湯船に浮かんでいたが、皆の視線に気が付いて、眉を顰(ひそ)める。

「ん？　どうしたパンダ？　我の裸体がそんなに眩(まぶ)しいパンダ？」

「いや、お前、この島で唯一普段から全裸じゃねえかよ。今更まじまじと見ねえよ」

　丁寧な秋良のツッコミの後に、進がパンダに近づいて慎重に尋ねる。

「パンダさん……。まだ確定ではないのですが、どうやらパンダさんがおじさん島の住民になったとの疑いがあるのですが……」

「パ？　………」

　その言葉を聞いて、パンダはパタッと固まる。

　…………………。

　そのまま数十秒フリーズしたままだったが、ハッとして両手を頭にのせて悲鳴をあげた。

「マズイパンダ!!　うっかり住人になってしまったパンダ！！！」

「うっかりってことがあるんだ……。うっかり住人になってしまう、なんてことが」

そう、パンダは温泉に浸かって、完全に心を許してしまっていたのだ。

温かいお湯の中で最高に気持ちよくなってしまい、更には進の「ああ、なんて平和なんでしょう……」という心からの幸せに満ちたしみじみとした言葉——からの、木林のビブラートの効いたのどかな歌声、である。その、温かい家族感にあてられて、気が付くと心の扉が完全に開いてしまっていた。

「なんたる不覚。おのれキバヤシめ‼　一番忌々しいアップデートをしおったな‼　おいススム！　取り消しだパンダ！　我をいったん住民から外せ‼」

「そうはいきません。一度なったらあとは島リーダーの采配次第ですから！」

珍しく意地悪な表情を覗かせる進を忌々しそうに睨みつけるパンダ。

まったくもって計算外であった。パンダとしては、この後、数ヶ月間も喧嘩やトラブル等を起こした後に、すったもんだの騒動然り色々紆余曲折あり、更には皆の目を盗んで、木林からペットボトルを盗み脱出用のイカダを作るが、出航途中トラブルに見舞われ、皆に助けられ、進にも涙ながらに必死で説得され、そこでようやくパンダが折れる……みたいな感動のストーリーを一通りこなしてから、最後は堂々と格好良く住人になるプランだったのだ……。それが、「温泉が気持ち良すぎてうっかり住民になる」なんて………。

「おのれススム！　我を罠にはめたなパンダ!!」

「いや、どんな罠だよ。勝手に住民になった癖に。ていうか、さっきから呼び方がススムになっていたもんな」

「あ……」

そう、既に島民になる兆候はあったというのだろうか。

なんとも予期せぬタイミングでパンダが島民となったが、お構いなしに皆は大盛り上がりである。

「やったあ!!　パンダ。おじさん島にようこそネコ！！！」

「さて！　めでたくパンダさんも住民になったということで、ビールを飲みましょう!!」

「せ、拙者!!　拙者のビブラートが、パンダ殿の入島のきっかけになったのでござるか!?ようやくこの島の役に立てたでござる。感無量でござるッッッ！！！」

「お祝いじゃ！　よし、早速大人はビールじゃ!!　パンダのお祝いに、ビールを飲もう!!」

その日は朝から温泉パーティーである。打ちひしがれるパンダの背中に手を置き、コリスがおじさん島のルールを教えてあげる。

「パンダ、歌を覚えるリス。住民になったら島のテーマソングを覚えないと駄目なんだリス」

「嫌だ。あんなダサい歌覚えたくないし歌いたくもないパンダ！！！」

◇◇

皆が温泉でパンダの島民加入パーティーを行っている、まさにその時、おじさん島に来訪者がやってきていた。

進達の家の前にピンク色の扉が現れる。よその島からの、ワープゲートである。

そこから、一人の筋骨隆々の、道着を着たおじさんが登場した。帯は勿論黒帯である。

「ここが一位の島、おじさん島か……。やや！　どこの島でも見たことがないほどの立派な家はあるが、人の気配が一切ないな」

家の中だけではない。男が目を閉じて気配を読むと、およそ500メートル圏内にも誰もいないことが分かった。おじさんとあにまるが、こんな朝早くから働いているのだろうか。

「ふむ……それだけ勤勉な島なら、順位が一位なのも納得だな！」

「……どうしたショウ。誰もいないのかレオン？」

背後からズシリと重量感のある、低い声が響いた。

そして、もう一人、いや、もう一頭がワープゲートから姿を現す。扉をくぐる際に、頭を打つので屈んで、ゆっくりと一歩一歩地面を踏みしめながら悠然と歩いてくる。

その者は、2メートルを超える体躯に、下半身だけ道着を穿いていた。上半身は金色の毛並みの下からでも分かるほど見事に鍛えられていて、十文字の傷跡が誇らしげについている。たくましい腕は片手だけでも大木を握りつぶしてしまいそうである。風にたなびく鬣は太陽の光を浴びて神々しく輝き、堂々と海岸に立っているその姿だけで芸術的で、実に絵になる。

「……さあショウ、早くこの島も傘下にして、わかもの達を撃破するレオン」

「ああ、分かっているともライオネス！　それが俺達ぶどう島の念願、だからな!!」

そう、彼こそ獅子族のライオネス。百獣の王、ライオンのあにまるであった。


〈『はたらけ！　おじさんの森 3』へつづく〉

ヒーロー文庫

はたらけ！　おじさんの森(もり) 2

朱雀(すじゃく) 伸吾(しんご)

2022年3月10日　第1刷発行

発行者　前田起也

発行所　株式会社　主婦の友インフォス
〒101-0052 東京都千代田区神田小川町 3-3
電話／03-6273-7850（編集）

発売元　株式会社　主婦の友社
〒141-0021
東京都品川区上大崎 3-1-1 目黒セントラルスクエア
電話／03-5280-7551（販売）

印刷所　大日本印刷株式会社

ISBN 978-4-07-450507-4